杨剑龙

著

杨剑龙诗集

纪念碑

上海文化出版社

徜徉在诗歌创作的艺术天地里

——诗集《纪念碑》自序

中国是一个诗的国度，唐诗宋词成为诗歌王国的丰富遗产。我十八岁离开上海去江西山村插队务农，是带着手抄的唐诗宋词下乡的。诗歌是文学的高度，大凡文学佳作都蕴涵着诗意。我在山村务农间隙中，吟诵唐诗宋词，开始学写诗歌。我写山村的炊烟小河，写务农的苦辛与无奈，写生活的艰涩与寂寞，这成为插队务农苦闷生涯中的一种调剂。那些属于初学时期牙牙学语的作品，都没有留存下来。

大学中文系的求学，让我开始真正进入了文学的学习，开始真正进入了唐诗宋词极富魅力的诗歌天地，也开始了我的像模像样的诗歌创作，我的诗歌作品也开始投稿偶尔在报刊发表。毕业后留校在中文系写作教研室任教，激发了我文学创作的热情。1981 年江西省的文学刊物《星火》第一期设立的"新星闪烁"诗辑，刊载了我的自由体诗歌《塔》三首，分别为《古塔》《吊塔》《水塔》，《吊塔》中的诗句："多少双眼睛仰望你高耸的身躯，/多少颗心儿牵挂你长长的手臂。/月下，一对情侣徒步来到这里，/特意来看看砖墙又长高了几米。"表达了改革开放初期城市建设中对生活改善的期盼。大约是对于文学创作的爱好，虽然在攻读硕士学位博士学位后，我主要从事中国现当代文学的教学与研究工作，文学创作总是我放不下的，也就常常写小说、写散文、写诗歌。有了手机后，用手机写诗逐渐形成了我的创作习惯，常常会在生活的罅隙中，或是车站候车时，坐火车地铁时，开会听报告时，就用手机写诗，大凡记录下一些零星的感受：或是朋友聚会的感触和感谢，旅游途中所见景致与激动，也有由于某些重大社会事件触发的感想。我的诗歌创作应了"感时花溅泪，恨别鸟惊心"的情境。

我的用手机写的诗歌很少拿出去发表的，有的发给朋友表达情意，有的贴上微信群表示态度，多年下来积存了不少，都转存在电脑里。现在编辑成册，交付出版社出版，也成为我的诗歌创作的总结和展呈。我将该诗集中的作品，分列为心绪写照、真情书写、人生随感、世事情怃、现场观感、山水游踪等辑，只是将内容相近的诗作归拢在一起。由于电脑里存货较多，我将电脑积存的友朋酬唱、追悼与怀念、歌词创作都未收入该诗集，山水游踪的诗作也未全部收入，等有机会再编辑出版另一本诗集。

从总体上看，我的诗歌是偏于传统的，即偏于唐诗、宋词强调意象注重意境的那一路，而非现代派诗歌注重新奇、残缺、跳跃、抽象、错位等。我的诗歌创作大多是闲暇之作，尤其是在参加会议、出外旅游期间创作的。虽然，我的诗歌中有不少是应景之作，但是大多数诗歌是有感而发的。我的诗歌观念大致为：诗人应有敏感之心，诗人应有真挚之情，诗人应有正义之识；诗歌应该注重意象，诗歌应该强调意境。虽然我的诗歌创作并未达到很高的层次，更没有多少影响，但是我仍然努力去追求、去创作。

这是我的第二部诗集，我的第一部诗集《瞻雨书怀》由广西师范大学出版社 2015 年 8 月出版，收入了 665 首诗歌，该诗集 2016 年被"壹学者公众号"推荐为"适合零碎时间阅读的十本书"，与《巴夏礼在中国》《徐志摩散文》《青山漫步》《心香集》等列在一起。唐代诗评家释皎然在《诗式》中曰："诗有四不：气高而不怒，怒则失于风流；力劲而不露，露则伤于斤斧；情多而不暗，暗则蹶于拙钝；才瞻而不疏，疏则损于筋脉。"释皎然强调诗歌创作的气高、力劲、情多、才瞻，反对诗歌创作的怒、露、暗、疏。今后我仍然会徜徉于诗歌创作的艺术天地里，但愿我的诗歌创作能够在气高、力劲、情多、才瞻方面作进一步努力。

2024 年 4 月 10 日

于瞻雨斋

目 录

004

我的诗总向往远方
雪山的高耸
庙宇的辉煌
大海的蔚蓝
沙漠的空旷

心绪写照

老 去

像野象踱进丛林深处，
让衰老独自隐没；
像苍鹰龟缩悬崖缝隙，
让翅膀告别沙漠。
回眸青春的象牙，
雄强威武雄心勃勃；
回想展翅的腾飞，
鹰击长空日月如梭。
老去，不必泪眼迷离；
老去，人生并没蹉跎。
功名富贵大江东去，
诗词歌赋鼓乐铙钹，
是爱是憎都埋入黄土，
是长是短让世人评说。
抛却拐棍，挺直腰杆；
踉踉跄跄，仰天长啸。
立一块无字碑吧，
留一首告别歌吧，
含笑走向另一个世界，
豪迈跨进心中的天国！

2015 年 6 月 13 日
于香港浸会大学

纪念碑

我用我飘落的头发，
建造一座纪念碑。
让那些闲言碎语，
随风飘落进河底；
让那些溢美之词，
随雨洒落进玫瑰。
让一个无法无天的我，
伫立在高尚与卑微，
徘徊在浪漫与颓废。
化成文字的长发，
绣成了一个云的诺言。
形成思念的情感，
构成了一柱别样的纪念碑。

2015 年 11 月 30 日
于香港中文大学祖尧堂
黄维樑先生评点：这是"重新出发"之谓也！

酒　后

脚步蹒跚，双眼蒙眬，
酒渍如桃花在胸；
话多气粗，心跳脸红，
雄心如鼓声勃动。
是真是假，是轻是重，
别去听花言巧语诱惑；
是甜是苦，是幻是梦，
仍记得回家是西是东。
喝几口浓茶醒酒，
听几支名曲轻松。
夜半难以入眠，
打一套太极拳攒劲；
雨霁云开月华如水，
吟几句唐宋词叮咚。
看东方白了，
放下窗帘睡去。
听鸟儿鸣了，
让我悄悄入梦。

2015 年 6 月 21 日
于上海大学

自 爱

细心梳理自己的羽毛，
让白云在蓝天逍遥；
精心打扮自己的容颜，
让星星在夜空闪耀。
回首自我的人生，
无论甘苦多少；
珍藏内心的情感，
打捞海底珍宝。
放逐了家里的小狗小猫，
实实在在睡一个好觉；
不理睬妻子儿女的唠叨，
糊糊涂涂发呆与祈祷。
不爱自己，如何热爱这个世界？
不爱自己，如何面对风雨飘摇？

2015 年 6 月 14 日
于深圳机场候机楼

嚎叫

我想躲进深山里，
对着青山碧水，
独自大声嚎叫，
不再那样文质彬彬。
我想卧在青山上，
压迫雪山白云，
放肆激情嚎叫，
不再那样道貌岸然。
世界好像有太多的藩篱，
人生好像有太长的焦躁，
却有太多汽车的喧嚣，
却有太多枪炮的嘶叫，
却太少生命呼吸的曲线，
却太少发自肺腑的嚎叫。
撕开伪装的花朵，
露出肌肉的妖娆；
剥去花哨的服饰，
发出心底的呼哨。
集聚的忧愁烦恼，
堆积的欲望焦躁。
在响彻天宇的嚎叫中，
在涛声依旧的旋律中，

放松逍遥，

吟唱歌谣，

放肆地嚎叫，

真实地嚎叫。

2015 年 11 月 30 日
于香港中文大学祖尧堂

眼前飘过的一根羽毛

是白鹭的腾飞？

是白鸽的逍遥？

眼前飘过的一根羽毛，

轻悠悠，飘呀飘，

世界在眼前飘摇。

是飘落的一朵浮云？

是流放的一曲歌谣？

人已经成为流水线上的零件，

心已经变成你争我夺的镣铐。

真想变成一根羽毛，

在蓝天下漂泊；

真想变为这根羽毛，

在白云间逍遥复逍遥。

2015 年 11 月 30 日
于香港中文大学祖尧堂

憔　悴

扫拢满地落花，
采撷满天晚霞。
谁在楼顶闲拨琵琶？
谁在湖畔以沙作画？
电线杆上织网的蜘蛛，
古塔顶上归巢的老鸹。
娇滴滴小阁楼谁在清唱？
瘦弱弱河埠头谁在浣纱？
独自在竹林徘徊，
听橹声在桥那边咿呀；
独自在月下独酌，
看圆月在桥底下惊诧。

2015 年 6 月 21 日
于上海大学

惆　怅

内心如蛛网般缠绕，
想说又像哀哀无告。
唤一阵狂风刮去
内心的愁云；
摘几朵白云揩去
心中的烦恼。
不知道愁烦出自何处？
不知道忧郁来自何方？
推出一只小舟，
让它在湖面随意飘荡；
盖上一顶草帽，
让我在舟里熟睡至晓。
别再让情感出轨，
别再让重负在肩。
放松心态与肉体，
放宽视野与逍遥。
想说就说，想跳就跳；
想唱就唱，想笑就笑。
放纵惆怅去大海，
放纵心情不烦恼。

2015 年 8 月 21 日
于长春日月潭森林公园

思 念

将一根感情的丝，
拉长拉长拉长；
将一双清澈的眼，
远望远望远望。
星星在夜色里忧郁，
风儿在丛林中吟唱。
独自在他乡的街头彳亍，
伴随着清冷的月光；
心中萦绕的是故乡歌谣，
满溢陈酒的幽香。
有真情才有真爱，
有孤独才有思想。
将一片瓦掷进心海，
听那涟漪是否作响；
将一句话涌出心怀，
思念总是半夜烛光。

2015 年 6 月 13 日
于香港浸会大学

无 常

风雨雷电山崩海啸，
春夏秋冬日升月落。
大千世界
你只是尘埃一颗；
芸芸众生
你只是杂花一朵。
从峰巅的落下，
一瞬间的蹉跎；
从谷底的升腾，
惶惑间的哆嗦。
生命短暂命运无常，
人生易老坚强执着。
不去管寿长寿短，
不去管道听途说，
让涌动的生命力喷涌，
让淤积的力比多蛊惑。
别说已经心如死灰，
别说已将红尘看破。
喝退无常的窥视，
鄙视无常的冷漠。
躺卧在一艘小船里，
让它在蓝天下随意漂泊；

吹响一支悠扬短笛，

让牧歌在大地日月如梭。

2015 年 6 月 21 日

于上海大学

无可奈何

像一条流浪的狗

无家可归；

像一只叫春的猫

无可奈何。

是船儿总要远航，

是汽笛总要高歌。

两条铁轨

总是碰不到一起；

两种旋律

总是难以伴奏。

絮叨的责难，

堆成了喜马拉雅山脉；

不停的谴责，

流成了滔滔长江黄河。

原本是快乐的我，

成为了一只苦瓜；

原本是活泼的我，

成为了一只哑铃。

生命无可奈何，

生活无可奈何。

走向何处？

我能够自由自在；

走向哪里？

我可以大声唱歌。

2015 年 6 月 25 日凌晨

于瞻雨斋

断　然

是梦断夜半的洞箫，

是瀑断石桥的焦躁。

是绝情的背影，

是无奈的呼号。

是雨滴石穿的决断，

是梦醒时分的哭嚎。

喜欢藕断丝连的缠绵，

喜欢割不断理还乱的离骚。

2015 年 6 月 13 日
于香港浸会大学

逃出疯人院

黑色的太阳

无耻地盯着我的眼，

玫瑰的刺儿

诡谲地扯住我的脚。

逃出疯人院，

我将笑声写上屋檐；

逃出疯人院，

我把苦恼踢进牢监。

路旁的狗奇怪地看着我，

街角的灯冷冷地闪着眼。

警察指挥着交通，

汽车如发疯一样地开；

小姐控制着黑夜，

像霓虹灯一般抛媚眼。

饥肠辘辘的我，

踅进夜中的小酒店；

酒客们看着我，

如同看着天外来客。

瞪着一双双惊异的眼，

徘徊半夜的九曲桥；

流浪狗跟着我，

好像跟随苦恼悲哀。

啊，大千世界，

难道就是一个疯人院？

哦，芸芸众生，

难道我还想逃回疯人院？

2015 年 11 月 28 日

于暨南大学图书馆

随想二首

寂寞

风吹涟漪

叶落雪霁

是暮色里

亮起的第一盏路灯

是晨光中

唱响的第一点雨滴

独立晨曦

看朝阳

在山的那边

缓缓升起

思恋人

在海的对岸

泪眼迷离

惆怅

将路灯的影子

拉长拉长

心底的苦闷

膨胀膨胀

独自在夜的小径

徘徊踟蹰

绵绵细雨

滴碎心底彷徨

雨霁云开

将一勾新月

久久凝望

东方发白

静静等待

新的一轮

朝阳

2015 年 6 月 9 日
于南通大学文学院

码头的等候

也许人生就是
从一个码头，
到另一个码头。
码头苦苦的等候，
总是一首期待的歌。
风风雨雨总穿越
过往的忧愁，
日出日落总期待
明天的风流。
期待一个离奇的邂逅，
面对一种现实的饥渴。
别在码头洒离别的泪，
别在码头唱凄楚的歌。
想象到一个新的码头，
想象有一种新的抖擞。
别期望用一张旧船票，

登上一艘新的游轮；
别期待以一颗疲惫心，
让另一颗心梦游；
等待在码头，
写一首复杂的歌。

2015 年 12 月 2 日
于香港至澳门的码头

真 实

用真嗓子，
唱出真实的歌声；
用真话语，
说出真实的坦诚。
容不得半点虚伪，
像晴空容不得雾霾；
容不得一粒灰尘，
像镜头容不得乌云。
无论美丑，
无论长短，
实实在在是我的本真。
如萝卜白菜和大葱，

本本分分是我的根本；
如冬雪秋雨和春风，
自自然然是我的人生。
就是被埋进土里，
仍然是一块榆木疙瘩；
就是被抛进海里，
仍然是一团胡杨的根。

2015 年 6 月 23 日
于上海师范大学

骚动的心

窗外春雨绵绵

心中情意潺潺

泡一杯新茶

旧情书细细浏览

听一阕老歌

老故事就如梦幻

两鬓虽已斑白

春心荡漾依然

忘却的如流水远去

珍藏的像山脉伟岸

改朝换代风云变幻

陈酒珍藏情重如山

或许有情人未必能成眷属

或许无情人总是星河灿烂

保留心底的那一小片记忆

保存世间的那一点点遗憾

就像回味年轻的老照片

就像咀嚼过期的口香糖

在这春雨绵绵的季节

在这春茶飘香的瞬间

让这颗疲惫的心依然骚动

让这双老花的眼仍然闪闪

仍然看得清

哪是美丽哪是良善

仍然听得懂

哪是欣喜哪是悲叹

只要热血还在流淌

就让骚动的心不停跳动

只要幸福来到身边

就让快乐的心大声呐喊

2016 年 4 月 23 日
于淅沥春雨中

端午抒怀

迷迷蒙蒙
薄雾高楼缠绕
清香扑鼻
粽子雄黄艾草
屈原瘦弱的身影
在天宇间游荡
诗人愤懑的歌吟
在山水间缭绕

你那样纵身一跳
留下了千古离骚
你那样愤世嫉俗
汨罗江溢满牢骚
你把希望寄托
昏君却执迷不悟
你让绝望哀号
江水却白浪滔滔
别去管社稷江山
别去理美人英豪
独斟美酒手舞足蹈
长夜难眠洁身自好

你那样纵身一跳

跟随抑郁者有多少

你那样长吁短叹

诗篇华章追随仿效

把灵均的英魂谱进曲中

拨动琴弦让魂魄起舞

把屈原的歌吟裹进粽子

剥开粽叶聆听你的离骚

2016 年 6 月 9 日
端午节作

拥 抱

我想和蓝天拥抱

不再让雾霾逍遥

我想和绿水拥抱

不再让废渣冒泡

我想和雪山拥抱

不再让地球哀号

我想和美丽拥抱

不再让丑陋喧闹

这个世界虚伪的太多

真心实意的太少
这个社会假冒的太多
让人放心的太少
这个世间权势者太多
为百姓着想的太少
有的人笑嘻嘻地拥抱
背后却戳你一刀
有的人无奈地拥抱
真情却轻易抛掉
有的人激情洋溢地拥抱
转眼早就把你忘掉
我放眼这个世界
冷冷地收拢了双臂
我不再激情地抱住别人
我只是暗暗把自己拥抱

2016 年 8 月 3 日
于瞻雨斋

诗歌与远方

我的诗总向往远方
雪山的高耸

庙宇的辉煌

大海的蔚蓝

沙漠的空旷

也许被高楼束缚得太久

也许被琐事缠绕得太紧

被巨蟒缠绕得难以呼吸

被老藤纠缠得遍体鳞伤

我的诗总遥望远方

奶茶的芳香

民歌的悠扬

村姑的恬静

米酒的醇香

也许做房奴压迫得太紧

也许因名利逼迫得受伤

每块砖石都渗透了血汗

每行文字都流泻出心脏

我的诗总奔向远方

非洲的丛林

欧洲的海港

旧日的恋情

白日的梦想

我想去拉斯维加斯狂赌

我想在喜马拉雅山呐喊

我想去克里姆林宫漫步
我想在斯德哥尔摩歌唱

我的诗向往远方
我的诗遥望远方
我的诗奔向远方
其实我就是想放纵自我
其实我就是想实现自己
其实我就是想追逐理想
让我的诗表达我的真情
不再犹豫不再彷徨
让我的诗飘到你的身旁
不再迟疑不再掩藏
真心总不能掩盖
真情总应该放荡

2017 年 1 月 16 日
于上海师范大学西部一教

鲁迅的江南

江南的雨淅沥沥沥，
江南的桥高高低低。

是谁在河埠头伫立？
浓眉下两撇胡须颇有生气，
是谁在石桥上叹息？
额头上几根皱纹轻轻嘘唏。

家庭落魄潦倒，
他走异路逃异地；
人生上下求索，
他改从文弃学医。
故乡始终牵挂心里；
江南永远梦牵魂依。

他的故乡是那么清晰：
阿Q、华老栓、夏四奶奶、陈士成；
他的江南总缺乏诗意：
七斤、祥林嫂、单四嫂子、孔乙己……
鲁迅的故乡永远蕴含悲哀；
鲁迅的江南永远挥洒泪滴。

江南，有大禹的治水；
江南，有越王的奋起。
将一个大写的"人"，
写在江南绿色的田野；
将一个富强的"梦"，
描在华夏广袤的大地。

鲁迅的江南，

是故乡的阔别和依恋；

鲁迅的江南，

是世界的回眸和奋起；

在那桃花盛开的地方，

仍然能望见鲁迅的身影；

在那烟雨朦胧的江南，

仍然能听见鲁迅的叹息。

2020 年 10 月 23 日

"鲁迅与江南文化学术研讨会"召开前夕

风风雨雨都是诗

——七十自寿

白驹过隙已七十，

短暂人生堪嘘唏。

浦江繁华少年梦。

赣水苍茫青春志。

寒窗苦读星月明，

教坛执鞭鬓发稀。

回眸山水路途长，

风风雨雨都是诗。

2022 年 6 月 21 日

老态龙钟也是歌
——老教授协会聚会随感

阔别多年再聚首，
嘘唏感慨岁月稠。
老翁话多奉献多，
小邵语少精神抖。
风华正茂难回首，
老态龙钟也是歌。
伏枥老骥不服老，
笑口常开永风流。

2022 年 11 月 2 日
于君亭酒店

扑进家乡的怀抱
让我能够一醉方休
跪拜先祖的坟茔
让我能够洒一杯酒

真情书写

致爱妻

——写在你的生日

也许我会厌烦

你的絮叨

也许我会讨厌

你的打扰

递来削去皮的苹果

送上洗干净的葡萄

我在思路泉涌时

期望能够安静思考

我在撰写文章时

希望不被任何打扰

我知道，这个家

没有你的操持

将会凌乱乏味无聊

我知道，这个家

没有你的辛劳

将会暗淡凄清烦恼

你把你的热情、希望

放在我们父子俩身上

你把你的忧虑、思考

放在季节的变换颠倒

不管刮风下雨

去菜场买菜

不管雷雨冰雹

去商场购物

一辆老旧的自行车

奏出温馨的小调

一只黑色的牛津包

怀揣温爱的怀抱

尚未懂事的儿子

总是你内心的牵挂

年过六旬的丈夫

总是你珍爱的瑰宝

你关心着年迈的老母

你关照着年轻的学生

你关爱别人很多很多

你关心自己很少很少

在你生日来临的时候

真诚祝福你健康快乐

在你生日聚会的时候

真心祝愿你幸福逍遥

2015 年 11 月 19 日
芳萍生日于上海展览馆

雨停了

焦虑地等待，
大雨的滂沱。
我们俩的聊天
被雨声遮掩，
我们心的激动
对雨声埋怨。
也许是太久的离别，
也许是太久的思念。
就像这雨久久不停，
就像这雷轰响心间。
杯中的红酒已经喝干，
心里的话语总说不完。
错过了千年的姻缘，
错过了花开的瞬间。
邂逅是上帝的安排，
再聚是命运的熬煎。
虽然你我两鬓已经斑白，
虽然青春早已时过境迁。
说过去说今天难说未来，
谈儿女谈朋友不谈恋爱。
心里盼着雨下吧下吧，
眼前看着雨停了停了。

送你到酒店门口，

雨滴滴下屋檐，

如泪滴下眼睑。

为你打开红雨伞，

想拥抱说再见，

却不敢再上前。

看着你的身影消失在路灯下，

模糊的视线是泪水模糊了我的眼；

看着你的红伞消失在路那边，

我的眼前萦绕着你的笑容你的眼。

2015 年 6 月 19 日

怀念父亲

总怀念父亲慈祥的笑容，

如冬去春来的春风；

总记得父亲爽朗的笑声，

如龙华古塔的铜钟。

你养育了我们六个儿女，

兢兢业业克己奉公；

你奉献了你的风雨人生，

克勤克俭有疾而终。

病弱的你，

像大树般蔽护花草；

属牛的你，

如老牛般忍辱负重。

总记得父亲那辆自行车，

任劳任怨行色匆匆；

总记得父亲的烹饪手艺，

津津有味一抢而空。

儿女们的快乐，

是父亲的快慰与美梦；

儿女们的前程，

是父亲的向往与追踪。

终身劳碌一生清贫，

无私无畏快乐无穷。

刚退休的你，

就遭到病魔的骚扰；

过六旬的你，

就忍受了酸楚苦痛。

后悔没有更多的时间陪伴您，

后悔没有更多的温暖回报您。

在父亲节的今天，

思念您，回忆您。

真的想，父亲，

今晚您能够入我的梦；

真的想，父亲，

今晚我能够与您相拥。

2015 年 6 月 21 日
父亲节于上海大学

父 爱
——观父亲打伞照有感

父爱是默默无闻的大海，
湛蓝深沉宽阔无边；
父爱是坚挺磅礴的山脉，
坚定执着逶迤尊严。
如雄鹰护着雏儿张开羽翼；
像大树滋润新芽撑起伞盖。
斜斜的风，斜斜的雨，
将一把伞向爱子斜斜地撑开；
细细的雨，细细的爱，
不让雨滴在儿子小小的脑袋。
风吹乱了父亲凌乱的头发，
雨打湿了父亲宽阔的肩膀。
冰冷了父亲的衬衣，
温暖了爱子的胸怀。
父亲的提包在雨中沐浴，

儿子的背包在伞下精彩。
湿透了父亲的背，
奉献了满满的爱。
在雨天的皇后大街，
演绎了全世界无私的父爱；
在暮色里父子的背影，
孩子啊，请记得伟大的父爱。

2015 年 9 月 17 日
于瞻雨斋

春天的列车

别以冬天的心，
登上春天的列车；
别以夏日的情，
告别春天的列车。
鹅黄的柳芽悄悄冒出，
纯真的感情慢慢纠葛；
别管路人嫉妒的眼光，
别理旅客茫然的耽搁。
采一枝迎春花吧，
送给车窗前泣别的女士；

唱一首送别歌吧，
别管月台上喧闹的送客。
月台，是感情凝聚
和释放的地方，
我们有过太多的送别；
月台，是真情袒露
和告白的地方，
我们有过不少的愧疚。
该拥抱的就拥抱，
该吻别的就吻别。
都已经两鬓染霜，
都已经岁月如歌。
让你我的心里，
都驶进一辆春天的列车；
让你我的梦里，
都回响一曲春天的恋歌。

2015 年 6 月 23 日
于瞻雨斋

吻

轻轻的，像吻一部圣经；
轻轻的，是吻一个红唇。

一个吻，决定了你的一生；

一个吻，铭刻着你的真诚。

也许那时我们太冲动，

也许那时我们太年轻。

等到我们都已成熟，

等到我们都很冷静。

是否你我都已后悔？

是否你我都已坦诚？

一个吻如一枚公章盖在胸口；

一个吻如一个契约约定终身。

多么想吻一吻那盘圆月，

多么想吻一吻那朵白云。

与圆月白云私定终身，

与圆月白云悄悄私奔。

梦中的你，整个人就只一个红唇；

梦中的你，狂奔着猛追着我索吻。

我惊恐万状地狂奔，

我竭尽全力地躲避。

那个决定一生的一个吻，

那个决定命运的一个吻。

2015 年 6 月 20 日
于上海戏剧学院

暗 恋

是遥遥思恋的渴望，
是擦身而过的惆怅。
想说而不敢说，
想喊而不敢喊。
你的窈窕的身影，
每时每刻在我眼前摇晃；
你的玉兰的气息，
日出日落在我身前芬芳。
如晨星在晨曦里闪烁，
如细雨在桃花中彷徨。
真想拉住你向你表白，
像云开日出的晴朗；
真想冲向你将你拥抱，
像水落石出的坚强。

2015 年 6 月 13 日
于香港浸会大学

爱情的信物

我们年轻时代
爱情的信物就是钢笔
在摧残着文化的时代
仍然盼望用笔写下情爱
孩子的年轻时代
他们的信物是最新款的 Ipad
用微信表达他们的情爱
也许到了不远的未来
信物或许是月球上的自在
有真情就无所谓信物的承载
只要有真爱没有信物也幸福满怀

2016 年 2 月 7 日
晚 7 点 30 分

金黄的杏叶

翻开久违的情诗集
诗集中夹着一枚杏叶
金黄的颜色已变成褐色

却牵动我难忘的思念

那是一个金色的秋天

我俩在湖边漫步

一对黑天鹅在湖里徜徉

就像我俩一样情意绵绵

盛开的秋菊金黄一片

就像我俩一般畅想无边

你说我俩将周游世界

寻觅看得见风景的房间

你说我俩将四世同堂

但愿子孙满堂福寿双全

微风吹动杏树

把一片金黄的杏叶

吹落在你的发间

阳光照耀眼眸

像黑宝石闪闪烁烁

如仙女降落人间

轻轻地取下这枚杏叶

我将这枚金黄夹入诗集

把金色的记忆藏进心间

白驹过隙秋去冬来

现在不知道你在山的哪边

没有缘分情愫难牵

现在不知道你住哪个房间

看着这枚杏叶

想到了你的双眸你的笑靥

看着这枚金黄

想到了你的畅想你的心愿

人生总不能事事如意

耕耘不一定总能如愿

杏叶珍藏着爱情的记忆

金黄铭刻着生命的瞬间

2016 年 2 月 9 日于途中

情人节的纠结

人们常把妻子与情人分开

在情人节给情人送花

让妻子依旧忙碌灶台

人们常视情人有暧昧色彩

婚外恋才让男人骄傲

证明有魅力有貌有财

在情人节的早晨

盘算着给情人的问候

却找不到情人的名字

纠结中怀疑自己

是否有貌有才

望着梦里醒来的妻子

其实情人就在身边

有情人才有真爱

相伴到老才是一种境界

这才是温暖心灵永远的爱

2016 年 2 月 14 日情人节

情人节的狗

情人节和丈夫闹别扭

引起他的一声吼

没有鲜花没有祝贺

他一甩门拔腿就走

留下我一个人泪直流

它走了过来舔舔我的手

摇摇尾巴摆摆头

好像对我说：别哭了

有我呢，要走就让他走

它是我家忠实的老狗

伴我度过了十九个春秋

它从不对我发火怒吼

我读书它安静卧在脚边
我睡觉它警惕站在门口
我回家它叼着拖鞋放脚边
我出门它盯着我恋恋不舍
每天早上它唤我起床
每天傍晚它和我散步
它听得懂我对它说的话语
它知道我脸上的喜怒哀乐

它是我们家的成员
它是我的知心朋友
那天我的生日
它居然叼回了一支玫瑰花
兴冲冲地放在我的前头
那天我发烧昏睡
它居然出门叫来小区保安
急忙忙地送去医院把诊就
在情人节的夜晚
它忠心耿耿地陪伴我
摆脱了孤独寂寞忧愁

2016 年 2 月 14 日情人节

总记得

总记得你当年的苗条
岸旁的柳树
是你柔柔的腰
总记得你当年的微笑
盛开的桃花
是你甜甜的笑
总记得毕业为你送行
惜别时总有
难以掩饰的焦躁
总记得在月台上握别
分手时留下
装满信封的告白
独自打开信封
露出你美丽的玉照
你说你想跟我好
你欣赏我的才干与思考
其实我是把你当姐姐看待
感谢你多年来给予的关照
细心遣词造句
在回信中把我的心态明告
我一直以为你已有了对象
请接受我善意的劝告

你在婚礼后寄来了喜糖
我真诚地为你祝福
我虔诚地为你祈祷
白驹过隙风雨浪涛
白发早已在两鬓飘飘
腿脚已经在月下逍遥
记住青春的激情
记住年轻的微笑
让我们的生活更加潇洒
让我们的真情凝聚珍宝

2016 年 4 月 17 日

雨中的等待

我总想撑着一把紫伞
在码头等待
等待一位老情人
曾经有过初恋的爱
虽然阔别了多年
但是你永远长在
我的心间
像一株竹子

在颓败的枯竹间
总有春笋存在

我总想撑着一把绿伞
在车站等待
等待我的老父亲
那种深沉厚实的爱
虽然他已去了天国
但是我总觉得对父亲
有深深的亏欠
就像长大了的春草
经历了阳光雨露
未报答三春的厚爱

我总想撑着一把红伞
在湖边等待
等待我的新爱
虽然我们好像是两代
我总怕对你
风风雨雨相伴
有或多或少的亏欠
就像一座古桥
难以将花轿美人
静静地承载

在雨声淅沥的夏天

让我的思绪如海

风啊，让我的伞

飘向天边

生命不老

歌声把向往飘去

五湖四海

2016 年 7 月 2 日
于上海政法学院

爱，仍然在延续

像边塞的箫声悠扬

像小村的炊烟冉冉

虽然步履蹒跚

虽然泪眼枯干

爱，仍然在延续

情，仍然在呐喊

总记得青春荡漾

与故乡告别的无奈

总记得情窦初开

与恋人道别的凄惨
爱，曾经被割裂
情，曾经被榨干

邂逅的总值得留恋
抛弃的总埋进大山
岁月匆匆催人老
白驹过隙灯已残
与旧情人重聚
冰冻往日情感

几杯薄酒下肚
几首老歌再唱
激情像清泉喷涌
泪水如小溪难干
爱，仍然在延续
情，仍然在呐喊

2016 年 8 月 5 日
于瞻雨斋

见旧照而感慨

　　见学生微信群晒十五年前我参加徐州师范大学徐瑞岳教授的硕士生梁伟峰学位论文答辩的照片，在座答辩导师中徐瑞岳、龙泉明都已经作古，梁伟峰后来跟随我攻读博士学位，徐州师范大学改名为江苏师范大学，梁伟峰现在是江苏师大的教授了。

岁月荏苒不敢看，
旧颜新貌拍栏杆。
两位挚友驾鹤去，
数个高足筑文山。
青丝飘落笔不停，
诗句涌出泪难干。
回眸历历皆真情，
薄酒祭友梦里欢。

2017 年 1 月 12 日
于瞻雨斋

情人节随感

依然是冬季的冰冷

内心却涌动春的波纹
让淤积的情愫
像柳芽鹅黄萌生

依然是落日的黄昏
生命却歌唱情的坦诚
让昨日的旧梦
如细雨绿色朦胧

依然是月出的迷蒙
真情却流动夜的风韵
让情人的眼底
似初恋粉色雍容

2017 年 2 月 14 日
于北海市

致秋天的大雁

你们是蓝天的风景，
把人字写得触目惊心；
你们是白云的歌吟，
将团结唱得如影随行。

领袖的气概，

一马当先的劳顿；

哨兵的警惕，

月下栖息的剪影。

春花烂漫，

去寻觅北方的爱情；

秋风金黄，

去追寻南方的星星。

大雁情，

是忠贞不渝的真心，

守护在倒卧恋人身旁，

直到闭上眼睛，

让负心者羞愧反省。

大雁群，

是和谐社会的写真，

照顾好每个老弱病残，

不能脱离队形，

让诗人们歌颂崇敬。

2017 年 10 月 6 日
于瞻雨斋

雨中，走过的你

你撑着一把黑伞
穿着黑色长裙
像黑色的闪电
从我身边走过
风吹起裙摆
露出修长的玉腿
吸引了目光炯炯

你撑着一把黑伞
带着藕色笑靥
像黑色的精灵
从我身边飘过
雨飘在脸上
露出诡谲的笑容
让我的心波涌动

你撑着一把黑伞
挺起高耸双峰
像黑色的巫师
让我眩晕迷蒙
香拂在脸上
睁着诱惑的双眸

让我痴立在雨中

2019 年 8 月 4 日

门外与门内

你在门外一回眸

微微一笑

让百花顿时失色

你在门内一回头

眉心一皱

让百鸟顿显忧愁

你嫁入豪门

嫁入时风光无限

你身价百倍

你走入豪门

走入后孤寂忐忑

你困兽犹斗

大观园里风光无限

妻妾成群

大观园外无限自由

精神抖擞

你穿着橘黄色上衣

却有着橘黄色的忧愁

你穿着黑色的短裙

却有着黑色的烦忧

你有豪宅豪车

却没有自由

你可以一掷千金

却什么都没有

2019 年 8 月 6 日

难忘你的眼神

置身百花丛中

也难忘你的眼神

是夜空中的月牙

能穿透我的心胸

让我衰老的心

也蠢蠢欲动

置身金色秋日

也难忘你的眼神

是晨曦中的日出
能激起我的脉动
让我青春的情
也波涛汹涌

置身异域他乡
也难忘你的眼神
是故乡中的亲切
能想起河的清波
让我乡恋的歌
也炊烟风动

你银灰的衣衫
如银狐一样雍容
你的黑发如瀑
像黑夜一般朦胧
你神秘的笑容
如雨后艳丽彩虹
最是你的眼神
让我的内心波涛汹涌
难忘你的眼神
让我忘却了昨日旧梦

2019 年 8 月 12 日

金秋，你的回眸

夏天过去了
是金秋
稻谷成熟了
是收割
你在金秋
含笑地回眸
是告诉我
爱情是否
可以收割
你在金秋
含笑地回眸
是告诉我
人生不必
常常忧愁

经过夏的薰风
到了秋的抖擞
经过夏的烦躁
到了秋的驻留
你的黑发
有黑色的诱惑
你的双眸

有淡淡的忧愁
最动人的
是你的笑容
使月亮也失色
最魅惑的
是你的回眸
使秋风也害羞

我也曾年轻过
现在是脚步
蹒跚的老头
年轻时的我
并不懂得美色
真后悔年轻时
没能与你邂逅
我也曾迷惘过
现在是功成
名就的智叟
奋斗中的我
并不了解忧愁
真后悔年轻时
内心太多忐忑

人生短暂
错过了不再将就

青春美色

过去了不再恋旧

在这金秋

记住你含笑的回眸

祈望收割

年岁让我无力回眸

虽然早已过了

青春年华

虽然早已进了

人生暮色

对于美的向往

依然强烈

对于美的追求

依然坚守

把你的回眸

烙进我的心底

把你的笑容

写入我的金秋

2019 年 8 月 12 日

总记得你的眼神

总记得第一次
见到你的眼神
你穿着藏蓝色
的西装娇小玲珑
一对明亮的双眸
像清晨的启明星
尤其是你那眼神
像一泓清泉
像一轮明月
温馨而清澈
骄傲而坦诚
离别时的回眸
像在星空中月牙
回眸时的月光
像射进我的心胸

2019 年 9 月 9 日

梅雨潭的牵手

一汪翡翠般的绿潭
是崖上跌落的深情
千年的绮梦
千年的旧情
或许是错过了青春
或许是错过了真情
在弯弯的山道上
牵手，如一根红线
牵起散落的珍珠
在曲折的石阶上
牵手，像一箭闪电
拨动心底的琴弦
为何她的小手冰凉
为何你的大手滚烫
牵手，让那串瀑布
流入潭里，流入心底
牵手，让那些遗憾
拂去尘埃，拂去忧伤
如果早牵手四十年
人生或许会另一种模样
如果早牵手四十载
生活或许有另一种芬芳

山有山的崇高
水有水的温婉
或许感受了山的坚挺
或许在欣赏水的荡漾
让太阳将牵手刻入山石
生命常常别回头看
让潭水将牵手映在水面
过去的就别再留下遗憾

2019 年 11 月 21 日

感恩节的感恩

人生有许多值得感恩
却有许多来不及感恩
去老父亲的坟上
点一炷香
叩几个头
辛劳一辈子的父亲
根本没有享受的福份
也没有得到儿子的感恩
去老母亲的墓地
洒几滴泪

嚎哭几声

勤苦一生的母亲

拉扯大六个儿和女

没有完成去天安门的梦

给导师的遗像前

燃几根香

放几本书

执教一生的老师

经历太多的折腾

我以成果表达我的感恩

在人生成长路途上

获得了诸多的关爱教诲

获得了诸多的扶持帮助

在感恩节的夜晚

我想想应该向谁感恩

我想想应该扪心自问

认认真真做事

踏踏实实做人

与人为善

务实求真

这是父母的教导

这是导师的审慎

人应该有感恩的心

人应该有感恩自尊

在感恩节之夜

让我合掌祈福

向我的父母导师感恩

向给予帮助人们感恩

2019 年 11 月 28 日感恩节之夜

于金鸢富众酒店

母亲节的思念

小时候，妈妈是

摇篮边的儿歌

轻轻地唱

像一条温柔的小河

上学时，妈妈是

牵着我的大手

紧紧地牵

像一根藤牵在墙头

离家时，妈妈是

紧拥我的怀抱

不舍地抱

像离不开雏的母鹅

回来时，妈妈是
河畔那株衰柳
斑白的双鬓
像一首思念的老歌

诀别时，妈妈是
石板下的灰土
祭祀的香烟
像一缕缭绕的忧愁

妈妈是慈爱是牵挂
是不求回报的哺乳
妈妈是温暖是温柔
是绵绵细雨的春秋
尽孝与报答
已成为永远的内疚
思念与梦想
就成为母亲节的悲歌

2021 年 5 月 9 日母亲节

还乡，精神的还乡

无论多么遥远与坎坷
无论多少颠簸与阻隔
还乡，返回出生之地
落叶，飘向故土小河
梦中总是家乡的袅袅炊烟，
心里总是摇篮边轻轻儿歌

扑进家乡的怀抱
让我能够一醉方休
跪拜先祖的坟茔
让我能够洒一杯酒
去探望少年单恋的村姑
去寻找儿时嬉戏的朋友
推一推那盘古老的石磨
骑一骑那条缺牙的老牛

我拄着一根龙头拐杖
走进故乡的老屋田畴
我唱着儿时家乡儿歌
徘徊故地的田园河流
两鬓斑白，精神抖擞
双眼蒙眬，老泪横流

我俯卧在老屋前的草坪
让我的心灵染上故乡的绿色
我畅饮在古井前的石阶
让我的思绪流淌故园的忧愁

我希望在老屋旁
埋进我的文字我的诗歌
我希望在故园里
埋进我的骨灰梦的土丘
假如有来生有投胎
我就做老屋看门的小狗
假如有石碑有镌刻
我就刻乡音里的冬夏春秋

现代人努力登上火星月球
永远难以忘怀故乡的溪流
现代人竭力赢得权力金钱
永远难以忘却故园的金秋
当我老态龙钟步履蹒跚
精神还乡也是一首老歌
当我僵卧病榻离别人世
幽魂一缕奔向故土衰柳

2023 年 4 月 26 日
听吉狄马加发言说精神还乡
而作于昭通学院

将内心的一缕情思
织进文字的金缕玉衣
把思想的颠簸焦虑
倾吐为海天的风雨云霓

人生随感

疗伤者

像一只被射落的大雁
悄悄躲进芦苇深处
独自舔着伤口

像一个被咒骂的流浪者
拐着腿趔进篱笆巷口
依然精神抖擞

我是一条善良的小狗
忠实地守在文学的门口
既不狂吠也不颤抖

我有一张热情的歌喉
激情地唱着生命的赞歌
既不痴呆也不风流

为何总有一支支冷箭
在我背上留下伤口

为何总有一声声咒骂
在我心底刻下内疚

我无力抵挡飞来的冷箭
我无法堵住纷飞的诅咒
茫茫大地
去何处寻找疗伤之地
苍苍寰球

去哪里抚平心灵的伤口

2015 年 11 月 28 日
于暨南大学图书馆

单恋者

总远远地望着你的背影
总静静地聆听你的声音
你的每一根秀发
都撩动着我的心弦
你的每一声脚步
都踩动着我的神经
我妒忌春天的柳丝
能够拂着你的肩头
我仇恨秋日的落叶
能够飘落你的眼睛
望着你窗口的灯灭了
期望与你一同进入梦境
看着你牵着狗去散步
渴望我变为那只小生灵
在楼道与你邂逅
手足无措胆战心惊

远望着你的背影
像月儿升起围绕着星星
没有什么比这个更痛苦
没有什么比这个更憧憬

2015 年 11 月 28 日
于暨南大学图书馆

漂泊者

像一阵清风到处吹拂
像一股溪流顺势奔流
内心总渴望做一个漂泊者
抛弃那些牵系的羁绊
说走就走
游遍四大洋五大洲
告别那些难舍的情感
想吼就吼
唱响都市乡镇田畴
别让温柔压抑了歌喉
漂泊总是一种决绝
义无反顾的出走
漂泊总是一种忧愁

藕断丝连的莲藕

当经历了坎坷的路程

当沐浴了异乡的春秋

回到故乡

我们必定更加成熟

返回故里

我们必将更加抖擞

2015 年 11 月 28.日
于暨南大学图书馆

偷窥者

偷偷地将刚产下的婴儿

放在富豪的铁门前

躲在树后面远望

看揪心的哭声

将那扇大门哭开

看那个胖胖的保姆

把婴儿抱进了大花园

刚刚开始懂事的我

与工厂的门卫

偷偷生下这个婴孩

此后我的心就牵挂这边
我常常躲在树后
望这扇铁门，望这个花园
看到保姆推出舒适的童车
车上居然坐着我的心爱
门卫早已忘记了儿子
我却总是不能忘怀
我成了一个偷窥者
总躲在大树的后面
我多么想去抱抱我的心爱
我却总止步不前
我的耳里总是他的哭声
我的心里总是他的笑颜

2015 年 11 月 29 日
于华威达酒店

成功与失败

富翁腰缠万贯
子女为争夺遗产对簿公堂
政客颐指气使
遗孀为避免监禁和盘托出

穷人兢兢业业

四世同堂田园生活和睦亲和

书生笔墨耕耘

两袖清风著作等身洁身自好

何为成功何为失败

保持独立人格自由心态

其他让别人说去吧！

2015 年 7 月 8 日

宜兴至上海大巴上

随想四首

雨

将点点滴滴

　　的雨

洒在你的

　　心头

将难以诉说

　　的话

化为一首梦中
　　的歌
只要心心相印
何须太多的
　　表白
只要一滴两滴
只要一首两首
从青春走向
　　白头

旧梦

总记得
你远去的背影
颀长苗条
在樱花缤纷
的黄昏
落日将你的影子
拉得朦胧
总记得
你轻轻的歌吟
环佩叮咚
在柳丝拂肩
的清晨
玉兰将你的

节奏撞得雍容
当你挂着
拐棍重现
佝偻的背
被岁月折磨
的旧梦

红肚兜

奶奶走了
留下一只红肚兜
一对喜鹊
在梅花枝头
珍藏着青春
的故事
爷爷的咳嗽
和烟斗
还有那头
倔强的水牛
将红肚兜
挂在墙上
看得见奶奶
的笑靥和
那双衰老
的小手

奶奶还没走

还没走

风筝

将快乐放上

蓝天

将烦恼抛在

后面

一根线牵着

飘飘欲仙

如牵着对于

姑娘的爱恋

一阵风拨动

青年心弦

像拨动奇异

梦幻的依恋

2015 年 6 月 2 日
于上海大学研究生论文答辩

嫉妒

是对于别人美丽的冷漠
是对于别人成功的蔑视
拉几片乌云遮住光亮
吐几口唾沫淹没呼吸
觊觎偷窥忍耐
愤怒愧疚质疑
让地球停转
让世界窒息
嫉妒就撅嘴长出一口恶气
嫉妒就在悬崖边洋洋得意

2015 年 6 月 13 日
于香港浸会大学

阐释的误区

把清澈的水
搅浑
把含蓄的诗
弄疯

将诗歌的意象

——对应

将潜在的意识

曝晒指明

割不断理还乱

情感的复杂

不能将复杂说成单纯

在山情满于山

不能将拆散情景交融

让复杂的还原为复杂

让丰富的感情融美景

如果你说不清楚

那就默默地吟读

如果你不懂诗歌

那千万别不懂装懂

2015 年 11 月 6 日
于上海华亭宾馆

跳 跃

将两个完全

无关的意向连缀

乌鸦的呱噪和飞船的升空

将几个完全

悖逆的词汇组合

垂死的喘息，辣椒的彤红

妈妈的胸罩，竹笋的涌动

看不懂的才蕴含着深刻

读不完的才让读者懵懂

一跛一跛去跨栏

写下让世界愧疚的愤懑

对着嘴形去演唱

激起让全球变态的脸红

饥饿贫穷，奢侈纵欲

乞讨流浪，骄奢蛮横

地球像三足的猫

跳跃着前行

世界如颠倒的眼

颠倒着面孔

2015 年 6 月 24 日

于瞻雨斋

我丢了书和伞

或许是午后的困倦
或许是饭后的疲惫
我找不到我的书
就像找不到
我的爱情和后悔
我找不到我的伞
就像找不到
我的欢笑和眼泪

丢三落四，蜡炬成灰
梦里总是有人在追
浑浑噩噩，风雨如晦
眼前都是青春无悔
该读书的时候
被喧天的锣鼓发配
该恋爱的时候
被狂躁的潮流猛推
没有了教室的琅琅书声
没有了伞下的缱绻依偎
岁月流逝的是命运
皱纹宣告的是卑微
将寻物启事贴上街头
将青春记忆遗落谷堆

谁见了那本玫瑰色封皮的书
谁见了那把紫罗兰色彩的伞
不是丢失在岁月的痕迹里
就是丢失在情感的汉源汇

2015年6月29日

草帽之歌

浸透了汗水的迷离
遮挡住骄阳的威逼
编织进青春的气息
缠绕着水牛的喘息
曾经当扇，扇走暑气
曾经当伞，遮住雨滴
当我们离开了山村
将草帽放进阁楼
当我们回到了城市
将草帽沉入梦呓
当秋日整理旧物
我突然发现了你
揩去你帽檐尘土
涌上了心头泪滴

我呆呆地在楼梯口伫立
我默默地将小山村回忆

2015 年 9 月 16 日
于瞻雨斋

我想去西藏疯狂

我一直想去西藏
看看那里的白云
看看那里的牛羊
喝喝那里的奶茶
住住那里的毡房

我一直想去西藏
走走那里的天路
望望那里的山岗
听听那里的牧歌
看看那里的姑娘

我一直想去西藏
拜拜那里的菩萨
敬敬那里的庙堂

拜拜那里的雪峰

敬敬那里的太阳

我想去西藏疯狂

在草甸上去打滚

在篝火旁去歌唱

喝青稞酒至烂醉

伴牧羊女舞霓裳

我想去西藏疯狂

却惧怕高原太高

却胆怯没有酒量

只能在梦里畅想

只能在心里疯狂

2015 年 12 月 24 日
于上海交通大学

午 睡

初夏时分午睡

昏昏沉沉不知白天黑夜

雷声才将我从梦中惊醒

初夏时分午睡

晕晕乎乎不知是假是真

雨点敲窗如敲动我的心

梦里回到我插队的乡村

梦里我激情洋溢地年轻

梦醒后风狂雨猛

梦醒后电闪雷鸣

哪里传来京胡婉转动听

哪里吹响短笛鸟鸣丛林

像在深山古刹敲钟击鼓

像在海岛灯塔眺望远景

午睡让身体攒足了精神

午睡让心态走向了年轻

悠闲喝几口陈年黄酒

让人生慢慢走向黄昏

2015 年 6 月 20 日
于上海戏剧学院

午 茶

在一个小茶馆里喝午茶

泡一杯今年的龙井

看碧绿的茶叶在

玻璃杯中沉沉浮浮

如人生在社会中沉浮

捧一本古装书随意浏览

如漫步在古镇的小巷

打一个哈欠睡意蒙眬

就让灵魂沉入海底睡去

睁开眼路灯都已经亮了

细雨让眼前拉了一层薄雾

就淋着雨慢慢回去

让精神逐渐清醒

闻着咖啡馆传出的香味

收回放纵的思绪

寻找灵魂的归宿

不管夜半是否月出

不管夜猫是否骚扰

我还是为自己感到自豪

我还是将细节填满角落

2015 年 6 月 20 日
于上海戏剧学院

文学的秘密

将内心的一缕情思
织进文字的金缕玉衣
把思想的颠簸焦虑
倾吐为海天的风雨云霓
淤积的潮汐
奔腾的嘘唏
汇集成文学的歌吟
宣泄为狂放的梦寐
文学是生命的体验
文学是伤痛的迷离
让文学成为伤口的抚摸
让文学蕴涵心灵的秘密

2015 年 12 月 24 日
于上海交通大学

失 眠

眼睁睁看着星星
升起坠落

清楚楚听着夜猫

叫春追逐

总觉得夜太长

总觉得心太弱

旧情总难兑现

旧账总难还脱

吃下了太多的安眠药

记住了太多的老学说

很多事总放不下

很多情总难言说

过去的痛苦折磨

过去的噩梦幸福

就让他随风飘去

就让他大浪逐波

过去的就让他过去吧

该来的就让他过来吧

当晨曦露出了东方

当太阳绽开了酒窝

在另一个黑夜来临时

将一切思绪放下

将一切焦虑放逐

睡意慢慢袭来

长夜漫漫睡熟

2016 年元月 13 日

于上海师大外宾楼 101 室

生活刚刚出发

也许我们的额角
已经生出白发，
也许我们的脚步
已经开始蹒跚。
但是我们的生活
还是刚刚出发，
如老树长出新芽，
像名木开出新花。
只要双脚还能走动，
我们就迈向世界，
只要喉咙还能发声，
我们就不会喑哑。
该还的债早日归还，
该做的梦早日开花，
多参加老同学老朋友
的聚会，
少出席老牌友老赌徒
的厮杀。
几碟小菜、一盅美酒，
微醺间疏通血脉；
几本古书、一管短笛，
闲适中观赏月牙。

儿孙绕膝，享受人伦亲情，
友朋往来，品味岁月云霞。
我们的岁月刚刚开始，
我们的生活刚刚出发。

2016 年 1 月 8 日
于文苑楼 708 学院教代会

打糍粑

那是过年的味道
那是童年的逍遥
木槌的上上下下
糍粑的热热闹闹
围观的指指点点
挥槌的欢欢笑笑
黏糊糊
像婴儿黏着母乳
香喷喷
如麻油流出油槽
那是奶奶的笑靥
那是爷爷的歌谣
连水牛的长哞

也像喜悦的欢笑

连静卧的老狗

也不停欢奔乱跳

那是过年的味道

那是团圆的骄傲

现在打糍粑去哪里寻找

在梦里寻找过年的味道

2016 年 2 月 6 日

于瞻雨斋

落 叶

弓着腰

打扫满地落叶

让秋风

吹立两鬓白发

秋园里

也有桂花菊花

落叶下

也有青草嫩芽

多了皱纹

掉了门牙

青春早已远去

激情仍然勃发

不再出门远行

不再风云叱咤

扫清落叶

在阳光下小憩

让摇椅摇进梦乡

翻开影集

在树影下回眸

让岁月漾出浪花

我也曾在桃红柳绿

时绽开鹅黄嫩芽

我也曾是苍翠碧叶

中怒放鲜艳小花

而今辉煌落尽

而今遐想无涯

将落叶葬进沃土

渴望来年更多新芽

将岁月收入影集

渴望儿孙英姿勃发

2016 年 2 月 20 日

清明的梦

昏昏沉沉，
朦朦胧胧，
是在水边漫步？
是在林中歌咏？
小桥细雨酒旗风，
曲觞流水日出东。
柳枝拂面桃花红，
海棠娇艳紫藤竦。
是幽魂迷离？
是情愫萌动？
唱一阙琵琶行，
让琴声把心拨动；
吟一首大风歌，
让歌声把魂吟诵。
清明的梦离奇怪诞，
清明的歌凄切朦胧。

2016 年 4 月 4 日
于南昌

穿旗袍的女人

也许只有你
才领略世间的风情
也许只有你
才能让男子们销魂
像柳枝一样摇摆
袅袅婷婷
如彩虹一样绚烂
雨后初晴
从不左顾右盼
从不搔首弄姿
目不斜视
脉脉含情
是山脉月下的剪影
该凹的凹，该挺的挺
是碧波荡漾的涟漪
该动的动，该静的静
你像从老月份牌走下
仍然是那双迷人的眼睛
你像从颐和园里走来
仍然是那片性感的嘴唇
春风吹拂
旗袍像水面的波纹

花朵盛开

旗袍如玫瑰般多情

就在街头邂逅

让我目不转睛

看你身影远行

让我如梦初醒

倘若让我年轻二十岁

我会将你跟紧跟紧

倘若我成为千手观音

我会用一千只手

把你抱紧抱紧

2016 年 4 月 26 日

于瞻雨斋

骑马的男子

期望能够风驰电掣

像闪电般驰骋大地

期望能够春风得意

如彩虹般笑傲天际

穿一袭蒙古袍

喝一杯马奶酒

挥一挥马鞭

只见风过不见马蹄

吼一曲情歌

牧羊姑娘两眼迷离

无论是狂风暴雨

无论是风和日丽

男子汉总是雄强无畏

夸父追日把宇宙揣在胸中

男子汉总是追慕美丽

日月如梭把嫦娥追回大地

催马蹄登上雪峰

让整个世界能畅快呼吸

让马儿草甸漫步

让花朵和姑娘留在梦里

2016 年 4 月 27 日

于上海师大礼堂

镜 像

一

水平如镜
如花的洗衣姑娘
放下棒槌，对镜梳妆
倒映在镜里的
白云、山峦、霞光
她在竹林里歌唱
引来牧牛郎
窥视的眼光

二

醉了，酒杯横躺
笑着，仰望月亮
依然是那口酒缸
酒缸里有圆圆的月亮
和长须冉冉的哀伤
真情被误解
把自己交给美酒
交给这圆圆的月亮

明晨起身
用微笑掩盖
内心累累的创伤

三

大世界的哈哈镜
曾是我童年的欢畅
高高低低矮矮胖胖
你逗我乐，你推我搡
关闭了大世界的门
我们都在世界里闯荡
在朋友的聚会中邂逅
我们都变了模样
难道社会就是哈哈镜
让我们都变得奇形怪状

2016 年 5 月 7 日

于瞻雨斋

童年的声音

童年的声音

是大海碗上的补丁
是外婆梦里的叮咛
是爸爸被斗的呵斥
是妈妈夜半的呻吟

饥饿是童年的风铃
常常在梦里叮铃叮铃
白发是童年的温馨
巷口就望见外婆的身影
坚强是童年的钟声
看见了爸爸额头的血痕
痛苦是童年的民谣
听见了妈妈缝补的歌吟

我们的童年陪伴着孤独
我们的童年铭刻着风云
童年的我们迷惘忐忑
盼望着吃饱后去数星星
童年的我们勤劳懂事
渴望着贫寒家庭能有笑声

童年早已远去
那声音却总记忆犹新
童年已成梦影
我们早走出岁月噩梦

如果谁再制造灾难

如果谁再毁坏童年

我们会向他挥舞拐棍

我们会与他拼拼老命

2016 年 5 月 21 日
于瞻雨斋

邂　逅

我与朋友邂逅

在轮船码头

几十年未见

她依然精神抖擞

我与命运邂逅

人生充满波折坎坷

无论多么曲折

我总是执着奋斗

我与爱情邂逅

她含情脉脉温柔

婚后却横眉冷对

我落荒而逃如小狗

我与文学邂逅

在爱与死中周游
说长道短挥斥方遒
生命成了文学之歌
命运连接着邂逅
邂逅记载了春秋

2016 年 5 月 28 日
于 G85 次车

等 待

我在狂风中等待
等待长发飘飘
她的到来
我在烈日下等待
等待雷声响起
雨的到来
我在月光下等待
等待星星隐去
晨的到来
我在细雨中等待
等待昙花盛开
美的到来

等待充满焦灼期待

希望与失望总相伴

苦苦等待

静静期盼

明天总是艳阳天

未来总是可期待

2016 年 5 月 28 日

于 G85 次车上

童年的回忆

童年是一艘

弯弯的小船

咿呀摇进孩提梦里

童年是一弯

明亮的月牙

奶奶故事生动离奇

童年是一只

圆圆的铁环

辚辚滚进小巷街衢

童年是一首

少先队队歌

激情唱响理想主义

童年是一种

跳绳的游戏

欢乐跳进新的天地

童年是一个

描红的乐趣

研墨挥笔书法学习

童年是一场

少年宫排练

合唱比赛长了志气

童年充满了希望

童年已成为回忆

在儿童节的雨中

将过去的记忆梳理

在儿童节的歌里

童心依旧如雨淅沥

2016 年儿童节

迈向七十岁

人到七十古来稀

而今七十小弟弟

穿上 T 恤

带着行李

国外国内四处飞

寻找悠闲

寻访美丽

让仍然年轻的心灵

在秀丽山水间放飞

闲暇时泡杯清茶

浏览书籍

同学聚会绝对出席

往事回忆

旧情仍记在心底

别想死灰复燃

健康是百年的大计

努力充满活力

不想醉生梦死

不想丹青永记

只想自由自在

只想快乐嬉戏

回到童年

做一个老顽童无拘无束

向往未来

当一位梦幻者驰骋天际

2016 年 6 月 17 日
于昆明机场

文学研讨会

把作家与批评家

赶进充满牛粪味的牛圈

听着挤牛奶的声音

让他们一起讨论文学

批评家谈论由草

变成牛奶的过程

作家们说的是

牛交配的欢愉

被挤牛奶的快感

作家与批评家们

大眼瞪小眼地对视

他们几乎没有共同话语

作家们认为已经是牛奶了

何必再去研究青草

批评家们认为文学研究

就是应该盘根问底

作家们与批评家们

面和心不和

作家们提出了喝酒

他们搬出大碗小碗

就着牛奶、望着奶牛喝酒

等喝到有几分醉意

作家们和批评家们

拥抱在一起

相互拍拍肩

相互锤锤胸

会议达到了高潮

欲望也达到了高潮

随着奶牛被挤干奶

轻松愉快的长哞中

作家们和批评家们

相扶携着走出牛圈

他们在醉态中

发出牛一样的长嗥

主持人宣布研讨会

到此结束

2016 年 11 月 6 日
于复旦大学

放下与放不下

我想放下
放下心中的负担
摇一叶扁舟

弹一盘琵琶
独自走遍天涯

我却始终放不下
放不下眷念
妻子儿女
和梦中的她
放不下文苑中
树木和幼芽

我想放下
放下梦里的她
撕碎了情书
点几支长香
袅袅云烟喑哑

我却始终放不下
放不下梦魇
乡村耕耘
和记忆的花
放不下苦难中
真情和惊讶

2016 年 11 月 13 日
于上海作协大厅

爱不动了

想爱，爱不动了
雾霾重了
胃口差了
老眼昏花了
看看书就睡着了

想爱，爱不动了
妻子老了
孩子大了
腿脚疲软了
喝口酒就醉了

想爱，爱不动了
书出多了
房子小了
心还在想
力不从心做梦了

2016 年 11 月 20 日
于外滩三号

海外作家创作意境

将一株树移往海外

带去的泥土

保护着你的根

把一片云吹向异域

携去的湿润

孕育着你的梦

当你泡一杯咖啡

摊开稿纸

异域风情缭绕

总有故乡的风

当你让孩子入梦

打开电脑

异乡夜月升起

总忆故土的春

文学总是人生品味

创作总是心灵奔腾

不想名垂青史

只为实践文学之梦

不想家喻户晓

只为描述世间风尘

将闲暇的月光积聚

将凝聚的情感倾吐

当你白发苍苍

在门口独自晒太阳

梳理岁月的记忆

你依旧天马行空

当你拄着拐杖

在海边驰骋着畅想

回眸文学的生涯

你仍然激情奔涌

2017 年 4 月 12 日
于金古源豪生大酒店

文学创作境界

构思

如迟到二胎的政策

像错过孕育最佳年岁

辛勤耕耘

并非一定会受孕

焦虑惆怅

并非一定有佳作

有多少次流产

有多少回噩梦

最好的构思

大概是一挥而就

的快感

就像男女交媾的快乐

但是大多是

没有快感的狗屎

挣扎了许久

回望屁股后面

也没有多少成果

写作

打开电脑

傻傻地枯坐

希望灵感的来临

希望如水的月光

变为文思泉涌

忘记了饥渴

忘却了疼痛

用心的搏动

敲击键盘

让血的流动

贯穿文字

自由和压抑

倾吐与宣泄

当思路断裂时

镜子里眉角

增添了皱纹几条

当晨曦露出一角

伸伸懒腰

饥肠辘辘漏出

一丝微笑

发表

像将女儿出嫁

依依不舍中

有几多期待

像把佳肴端出

食客举箸时

有多少期盼

嫁出去的女

不是泼出去的水

回门时看看她的脸色

端上桌的菜

不是告别后的味

告诉菜肴是淡是咸

离开了娘胎的孩子

总希望快快长大
成为出版物的文学
总愿意她走遍天涯

2017 年 4 月 22 日
于江苏师范大学

春天哪儿去了

冬寒赖着不走，
春天难以抖擞。
白玉兰艰难绽开，
紫藤花挣扎怒吼。
柳枝刚刚冒芽，
羽绒服刚刚脱下，
夏日就匆匆冒头。

春天去了哪儿？
去了雾霾的北京？
去了湿润的广州？
没有，没有！
春天消隐在地球？
春天飞去了宇宙？

我想春心荡漾，
夏日扼住了歌喉！
我想春情勃发，
夏风熏黑了心头！
我们只有一个地球！
环境污染
成为人类最大的杀手！
我们保护世界家园！
战争危机
紧紧扼住地球的咽喉！
深深盼望春的归来，
像把一个老情人等候；
急切呼唤春的回归，
像把一艘旧渡船守候！

2017 年 4 月 21 日
于江苏师范大学汉园宾馆

我站在珠穆朗玛峰上

我站在珠穆朗玛峰上
只穿着一件红色 T 恤
脚踩千年不化的冰川

头顶湛蓝无比的天穹
和可以摸得到的云海
我以睥睨全球的眼光
俯瞰着这个多难的世界

我站在珠穆朗玛峰上
任刺骨的山风吹拂
眺望着白雪皑皑的群山
我想张开嗓门高唱
我想振动双翅翱翔
我以海样开阔的胸襟
容纳着神奇无比的梦想

我站在珠穆朗玛峰上
让我的爱飘洒四方
爱我的和我爱的姑娘
我都将你们抱入胸膛
爱是人生无穷的能量
我以不可一世的畅想
将纪念碑竖在世界屋脊上

2017 年 6 月 13 日
于绍兴讲学返沪途中

外滩寻旧

不欣赏浦江繁华，
不观望霓虹如花。
急匆匆
迈进罗斯福大厦，
去寻觅青春的记忆；
茫茫然
寻找老文汇大厦，
去回味岁月的苦茶。
青春不再
两鬓已生华发；
春心不老
激情依然叱咤。
中山东路，
东山再起的路；
圆明园路，
圆人生之梦路。
品尝过多少甜酸苦辣，
总难忘那风雷激荡年华。

2017 年 10 月 24 日夜
于瞻雨斋

上海风情

一、 外滩

那一道幽雅的河湾
那一条拥挤的河墙
悠扬的钟声
敲响旧梦的悠长
川流的驳船
流动贸易的繁忙
一幢幢高楼端庄
让记忆插上翅膀
一间间商户成行
让消费走街串巷
霓虹为你披上华丽衣裳
晨曦为你唱出彩霞辉煌

二、 老城厢

弯弯曲曲
去哪里寻找古城墙
小街老巷
去哪里寻觅玉兰香

老虎灶的身影

是孩提时的迷惘

梨膏糖的吆喝

是老照片的徜徉

寻觅旧梦

外婆的老城厢

吟唱新曲

未来的新畅想

三、 静安寺

门前曾经马蹄踏踏

仕女们拜佛优雅

寺内仍然香烟缭绕

善男们敬神潇洒

矗在街头的金幢

悬在空中的金塔

静安寺

让骚动的心宁静

静安寺

让焦躁的身平安

2017 年 11 月 18 日
于海派文化中心

五四的遐思

石榴花红的时候
青春是否依旧
两鬓染霜的年龄
热情依然如歌
仍然回荡着
天安门的怒吼
仍然激扬着
五四的赞歌
浮现着李大钊陈独秀
唱响吧共和国的国歌

繁花似锦的时候
步履是否矫健
儿孙绕膝的年龄
梦里常常忆旧
仍然萦绕着
古祠堂的门楣
仍然回想着
老樟下的水牛
浮现着房东大娘笑容
唱响吧知青插队之歌

春雨淅沥的时候

精神是否抖擞

友朋聚会的快乐

酒盅斟满美酒

仍然回味着

初恋时的娇羞

仍然回想着

思乡时的忧愁

难忘怀青春足迹回眸

唱起了岁月总是如歌

2018 年 5 月 4 日于列车上

戏剧人物

丑角

插科打诨的技巧

演技的高超

真话假说的奇妙

让欢笑后思考

最有意味的角色

是嬉笑后的烦恼

老旦

也许是青年扮老
沙哑嗓门哭笑
皱纹里有焦躁
是舞台的聚焦
年岁就是旗号
生活总走向衰老

小生

他总是青春年少
举手投足的逍遥
舞台的采花大盗
眉眼总是频抛
与小姐月下相会
偷情是他的嗜好

青衣

总是惹人怜惜
衣袂临风飘飘
双目流盼像夜星

红唇湿润如樱桃

团扇难掩春心

院墙难阻出逃

2018 年 5 月 5 日

于南京大学

金陵的雨

金陵的雨

飘摇

深春的心

烦躁

卷起窗帘

丁香花开

诱惑有多少

金陵的雨

窈窕

深春的花

萧条

漫步雨中

伞绽如花

情思系绿草

金陵的雨

潇潇

深春的情

娇娆

徘徊雨中

发如忧愁

旧情总发酵

2018 年 5 月 6 日

于南京大学

雨后落花

飘零一地的花

是夹竹桃的梦

青翠欲滴的叶

是深春时的歌

昨夜的雨

蹂躏了一夜

昨夜的风

喘息了一夜

看夹竹桃的伤痕

和满地白色的痛

没有疼痛

就没有新生的梦

没有零落

就没有新叶的涌

2018 年 5 月 21 日

于浦东高东镇

走不出的庙堂

我走进庙堂

香烟缭绕钟磬奏响

我走出庙堂

庙宇轩昂佛像端庄

我在古银杏树下徜徉

我在弥勒巨像前畅想

破"四旧"的锣鼓

仍在耳边回响

"三忠于"的口号

仍在天空震荡

愚忠酿成了民族的灾难

集权构成了历史的国殇

我走出庙堂放眼四望
又新建了几座庙宇
我走出庙堂焦虑迷惘
又新塑了几尊神像
善男信女顶礼膜拜
痴男怨女虔诚吟唱
我们失落了过去
寻找新的信仰
我们迷失了自我
塑造新的神像
腰缠万贯的迷失了方向
道貌岸然的失去了理想

依靠我们的力量
我们可以另塑许多神像
凭借我们的构想
我们可以另造几座山岗
把一条小河
夸饰成滔滔大江
把一点火光
歌唱成再生太阳
妙笔生花是我们的传统
屈膝叩拜是我们的擅长

我走出庙堂

像野狼一样嚎叫

我走出庙堂

像秋风一般彷徨

我失语在百花盛开的地方

忘记了阿谀奉承的言辞

我失忆在香烟缭绕的庙堂

忘却了卑躬屈膝的哀伤

我走出庙堂

找不到回家的路途

我走出庙堂

找不到心灵的故乡

如何四处都是烟霭袅袅

如何到处都是巍峨庙堂

我躺在青石板上

我想进入迷离的梦境

我望着湛蓝星空

盼望明天升起的太阳

2018 年 7 月 2 日

于瞻雨斋

127

蓝天下的肥皂泡

夏日薰风里
在公园里漫步
小贩在叫卖
一根塑胶棍
在有液体的桶里蘸
在蓝天下挥舞
挥出一群肥皂泡
在薰风里飘呀飘
孩子们追逐着
在蓝天下笑呀笑

我在湖畔漫步
看着肥皂泡飘呀飘
我在蓝天下思考
看着白云群飘呀飘
倘若不遵循法律
罪恶就会发酵
倘若不抑制浮夸
谎言就会逍遥
沉淀的总是精华
飘动的多为浮躁

真理像钻石像大铁锚
谎言像雾霾像肥皂泡
一句顶一万句
一切都被完全颠倒
一句就是一句
一切都是真实面貌
虔诚叩拜的
也许背后霍霍磨刀
热情讴歌的
也许过后全被打到

我崇拜胡杨的坚贞
即使死了也千年不倒
我唾弃杨柳的妩媚
只要风来就鞠躬弯腰
自吹自擂的
竭尽全力吹起肥皂泡
卑怯献媚的
歌功颂德竭力锣鼓敲
把玻璃说成钻石
把牛粪塑成珍宝
蓝天下飘舞着肥皂泡
薰风里真实去哪里找

蓝天下有多少肥皂泡

大地上有多少是浮躁

竭尽全力地吹呵吹

泡沫堆成山一般高

兴高采烈地敲呵敲

捷报频传雪一样飘

推上神龛的都是泥巴造

自吹自擂的都是杂音绕

大浪淘沙泥沙俱下

留下的黄金很少很少

千秋功罪谁人评说

民众的口碑值得骄傲

历史记载的不会是肥皂泡

社会发展的不只靠枪和炮

徘徊在湖畔

望着皂泡在天空飘呀飘

孤寂地仰望

诗歌如何表达我的思考

2018 年 7 月 3 日
于上海社科院

寻觅今日之狂人

百年前
狂人一声怒吼：
"从来如此便对吗？"
震撼了中国，
震动了宇宙。
而眼前，
哪里去寻觅狂人？
我们都浑浑噩噩。
哪里去聆听越歌？
我们都昏昏沉沉。
得过且过逆来顺受，
牢骚满腹独自享受。
我们笑嘻嘻地讨好
赵太爷，甚至讨好
赵太爷的狗；
我们屁颠颠地跟随
假洋鬼子，甚至跟随
假洋鬼子的车。
我们的牢骚已结成肿块，
我们的闲暇已聚成忧愁。
我们潜伏爪牙抱怨，
我们长吁短叹忍受。

哪里去寻觅狂人？

听听他发出的怒吼。

哪里去寻觅狂人？

听听他唱出的狂歌。

2018 年 11 月 5 日

于浙江大学

"鲁迅《狂人日记》发表 100 周年学术研讨会"

新移民文学的辉煌

将一棵树移往海外

树干总向故土歪斜

把您的家扎在异地

内心总把故乡留恋

在异国奋斗

头发已经斑白

情感总把童年思念

在异乡拼搏

岁月虽然流逝

真情总把文学挚爱

忘不了梦里的小桥

让文学的船

132

总划进梦乡

忘不了孩时提的姑娘

让美丽的风

总吹在身旁

移民移的是身

移不走的总是梦的绵长

移民移的是腿

移不走的总是心的惆怅

让文学记载您的故事

把人生写得丰富流畅

让文学烙下您的真情

把世界汇入您的辉煌

2018 年 11 月 17 日
于第三届上海海外华文文学研讨会

我害怕背后的眼睛

我害怕月亮的阴影

树叶在阴影里摇晃

让我肉跳心惊

让我心神不宁

真想扯一朵云

揩去月亮重叠的阴影

我害怕云雀的翅影
翅膀在蓝天下拍打
让我左顾右盼
让我刻骨铭心
真想摘一朵花
描绘云雀歌唱的轻盈

我害怕背后的眼睛
窥视我的一言一行
让我寸步难移
让我火烛小心
真想烧漫天雾
挥洒难得糊涂的清醒

当告密成为一种资本
当偷窥成为一种惯性
世界哪还有真心
人间哪还有真情
真想跳去月球
躲避背后告密的嘴唇
真想躲进地狱
躲避背后偷窥的眼睛

2019 年 4 月 3 日

未名湖中秋望月

也许很少中秋在外
也许常常梦里徘徊
未名湖望月
只有在梦中呈现
博雅塔看湖
常常记忆里归来
今日未名湖又来
今晚未名湖徘徊

今晚
博雅塔熠熠光彩
今晚
临湖轩游人如海
把一切书案笔墨放下
把一切情感纠葛抛开
未名湖望月
成为一种洗礼
未名湖望月
成为一种祭拜

乾隆诗碑
呈现帝王的丰采

翻尾鱼石

隐匿生命的所在

但愿聆听六角亭

钟声敲响

让今晚的月色

更有动人的风景

但愿看见花神庙

花神出现

让今年的中秋

更有花香的风采

今夜的博雅塔

把熠熠身影映在湖面

今夜的中秋月

把朦朦胧胧挂在天边

未名湖因未名而有名

博雅塔因塔影而存在

今夜在未名湖望月

今夜在未名湖徘徊

诸多名人涌现心际

诸多历史呈现脑海

名人投湖的涟漪荡漾

历史风云的波折仍在

我在未名湖望月

我在未名湖徘徊

2019 年 9 月 13 日中秋

见笑见笑

久雨未晴
今日出太阳了
邻家女孩在阳台
晒粉色被褥
见我探头望
她露出一排珍珠齿
见笑

妻子住院
产期突然提前
丈夫守候在走廊
听婴儿啼哭
助产师祝贺
他激动得手舞足蹈
见笑

他去约会
她见面就提问
汽车房产和存款
看红唇张合
见眼光鄙视
他冷冷地不动声色

见笑

她学驾驶
师傅眉开眼笑
不经意动手动脚
看嬉皮笑脸
听阿谀奉承
她恶作剧刺破轮胎
见笑

人生常常见笑
有的仰天大笑
有的皮笑肉不笑
有的窃窃私笑
有的似笑非笑
只要自己过得好
管别人如何笑
只要坦坦荡荡
梦里也仰天大笑

2019 年 10 月 15 日

138

嘲弄的遐想

自嘲
像小丘上的草
随风逍遥
他嘲
如上天的风筝
越飞越高
我不敢嘲弄别人
只能摸摸
秃秃的脑袋
自嘲
我不在乎他嘲
风筝飞得再高
不会总在天上飘呀飘

2019 年 10 月 16 日

金陵之秋

金陵的秋
金的颜色

金的菊

金的叶

金色的河

金色的希望

金色的忧愁

金色绘出古都金秋

金陵的秋

金的声音

叶飘落

水叮咚

金色的歌

金色的茶香

金色的美酒

金色奏响古都风流

金陵的秋

金色的梦

星灿烂

月东升

金色的风

金色的流云

金色的长河

金色奏响古都抖擞

2019 年 10 月 27 日

于南京大学

黄浦江之歌

你是一首古老的歌，
流过了多少个春秋。
你的每一朵浪花，
记载着剑戟干戈；
你的每一片涟漪，
吟唱着风嘶雷吼。
先祖的耕耘开拓，
流成浩浩汤汤的母亲河。

你是一首苦难的歌，
流过了多少的忧愁。
你的每一块卵石，
铭刻着硝烟悲歌；
你的每一片河滩，
倒映过百姓穷愁。
岁月的坎坎坷坷，
流成东方魔都的赞歌。

你是一首欢愉的歌，
流过了多少的欢乐。
你的每一段溪流，
汇聚成浩荡长河；

你的每一个河湾，
勾画出红旗抖擞。
新中国的历史变迁，
绘出国际都市的千秋。

我们寻找，
寻找黄浦江的源头，
寻觅到安吉龙王山的溪流；
我们歌唱，
歌唱黄浦江的春秋，
唱响了上海母亲河的风流。
我们沿着黄浦江流脉回眸，
我们循着黄浦江浪涛放歌，
传承历史文化的千秋，
推进都市发展的长河。

保护我们的母亲河，
开发我们的母亲河。
让我们静静地聆听
外滩的钟声敲响，
让我们愉悦地眺望
浦江的千帆竞秀。
黄浦江啊
你曾经历经沧桑，
黄浦江啊

你现在青春抖擞，
我们倡导设立黄浦江节，
让黄浦江文化发扬光大，
我们举起黄浦江的旗帜，
让黄浦江文化传承千秋。

2020 年 6 月 13 日
于上海万豪酒店

金陵的月

金陵的月
逍遥
深秋的夜
悄悄
仙林道上
人迹罕见
秋叶落多少

金陵的月
含笑
深秋的情
缠绕

漫步月下

形单影孤

何处觅芳草

金陵的月

云绕

深秋的心

飘摇

独步夜色

岁月妖娆

寂寞也真好

2020 年 10 月 30 日
于南京大学

走在雨中的多伦路

淅淅沥沥的小雨

将多伦路的路面淋湿

台风来临的虹口

将许多人堵在家中

撑一把深沉的黑伞

独自在多伦路漫步

闻到咖啡馆的香味

畅想历史名人的足迹

鲁迅矮矮的身影

在多伦路踟蹰

手里的香烟烟霾如丝

郭沫若嘹亮的嗓音

在多伦路响起

抑扬顿挫朗诵他的诗

沈雁冰瘦瘦的背影

在灯影下拉长

他匆匆赶回将文稿校对

宋庆龄端庄的容貌

像白玉兰一样绽开

她的笑容把文坛照亮

多伦路，你是一条

蕴含着丰富历史的路

多伦路，你是一条

蕴藏着多元文化的路

我在雨中的多伦路漫步

让我驰骋我的思绪

我在雨中的多伦路漫步

让我吟诵我的诗歌

2021 年 7 月 24 日

于上海左联纪念馆

145

遗 漏

满腹经纶的
却遗漏了独立
腰缠万贯的
却遗漏了伦理
珠光宝气的
却遗漏了尊严
大权在握的
却遗漏了民意

知识能够传承文明
却不能传承骨气
金钱能够买到奢华
却买不到情谊
珠宝能够显示华贵
却遮不住俗气
权势能够颐指气使
却总湮灭灰飞

人在做天在看
总要对得起自己
天在看人在做
看你横行到几时

与朋友喝几盅好酒

借酒兴发发几句牢骚

舒舒服服睡上一觉

明天会比今天更好

该遗漏的就让它遗漏

该忘记的就让它忘记

时间是最好的律师

快乐是最好的药剂

2023 年 3 月 30 日
于返家途中

让花蕾等待在春风中绽开
让歌声等待在伴奏中抒怀
海枯石烂是千年不变的执着
心心相印是远隔天涯的真爱

世事情怀

沉默的埃菲尔铁塔

熄灭了灯
静默地屹立着
的埃菲尔铁塔
喑哑了声
静静地流淌着
的塞纳河混沌
球场的喧闹里
传出了爆炸声
剧院的音乐会
闯入扫射狰狞
餐馆里的聚会
突现杀手凶狠
复仇复仇复仇
杀人杀人杀人
他们身绑炸药
他们手握枪械
血流成河啊
人生噩梦
惊恐万状啊
万马奔腾
球场的激动
剧院的高雅

餐馆的聚宴

瞬间变成了屠场的血腥

瞬间变成了地狱的噩梦

身上流血的孩子

惊恐地呼唤倒卧的妈妈

衣衫破碎的姑娘

凄惨地寻找失踪的情人

巴黎，失去了平静

巴黎，投身于战争

航空母舰起航了

轰炸机群起飞了

沉默的埃菲尔铁塔看见了

沉默的埃菲尔铁塔听见了

复仇复仇复仇

战争战争战争

让法国的三色

亮在悉尼歌剧院

亮在印度泰姬陵

亮在上海东方明珠

亮在纽约自由女神

要自由，不要束缚

要和平，不要战争

像联合国大厦前的雕塑

将枪管打结

不让子弹射出枪口

像纽约港自由女神的雕像
让和平鸽翱翔
让世界每一个角落
传遍自由之声

2015 年 11 月 18 日
于上海市作家协会大厅

地中海的噩梦

　　2015 年 9 月 2 日，土耳其发生一起难民沉船事件，一个
名叫艾伦的三岁叙利亚小朋友的遇难遗体被冲上土耳其博德鲁
姆海滩。

你有天使般的笑容，
你有银铃般的笑声。
你，三岁的叙利亚难民，
跟随父母去躲避战争；
你，稚气的叙利亚孩子，
登上惊险的逃难路程。
而今，你俯卧在海滩，
浑身已经僵硬冰冷，
是地中海的浪吞没了你，

也吞没了你的哥哥、母亲。
而今，你让海浪冲击，
像熟睡着昏昏沉沉，
白皙臂膀脚腕像藕般娇嫩，
红衣蓝裤早已没有了体温。
稚嫩的你，原本应俯卧在
幼儿园的午睡；
无辜的你，原本应俯卧在
沙发床的温存。
现在，你却亲吻着沙滩冰冷；
现在，你却沉沦永远的噩梦。
这让全世界悲哀愤懑，
这让人世间挥泪叩问：
为什么世界总有纷争？
为什么地球总有战争？
这罪孽别怪罪地中海的浪涛，
这悲剧总发生逃难者的不幸。
让战争的枪管打结，
让和平的鸽哨欢腾。
上帝啊，唤醒这个俯卧的孩子吧！
阿门，阿门，阿门！
世界啊，哪里有宁静的伊甸园啊？
噩梦，噩梦，噩梦！

2015 年 9 月 4 日
于瞻雨斋

153

太平湖畔的祭祀

——写在老舍的忌日

已听不见那喧天的口号

已记不得那红旗的飘摇

我的眼前总晃动着一个身影

他拄着一根拐棍

步履蹒跚坚定执着

我的心里总回响着一首歌谣

人生如梦白驹过隙

岁月如歌蜡梅雪飘

太平湖如此太平

在那个轰轰烈烈的年代

你内心如此激烈

在那个颠倒黑白的日子

造反的独揽大权

革命的统统打到

没有了尊严

没有了人性

没有了独立

没有了自豪

文化被踏在了脚底

权威被戴上了高帽

名人被钉上十字架

历史被诅咒被颠倒

拳打脚踢不容辩驳

揪着头发戴上高帽

这位温文尔雅的文人

从来没有遇到这般摧残

这位赤胆忠心的作家

从来没有遭到这样惊扰

生存还是毁灭

心如死灰哀哀无告

死了比活着好

犹犹豫豫风雨飘摇

虽然还是暮年

但是心已衰老

虽然一息尚存

但是不屈不挠

他在太平湖旁漫步

从上午到下午

他在太平湖边焦躁

痛苦溢满小道

虽然太平湖平静如镜

内心却涌起层层波涛

虽然人世间多么美好

值得留恋的却那么少

晚霞升起了

星星眨眼了

他毅然抛开了拐棍

向太平湖轻轻一跳

惊世骇俗的冤案

就向全世界宣告

一位伟大的作家

以死向社会抗争

一位著名的文人

以死写下永远的讣告

2015 年 8 月 24 日

于北戴河创作之家

等 待

让花蕾等待在春风中绽开

让歌声等待在伴奏中抒怀

海枯石烂是千年不变的执着

心心相印是远隔天涯的真爱

有情人并非终成眷属

无情者常常酿成大害

有希望才有期待

有真情才有等待

让忧郁孤寂彷徨远离

让欢乐激情幸福回来
让我们静静地等待
如同等待昙花千年一开
让我们含笑地眺望
如同眺望碧蓝深沉大海

2015 年 6 月 14 日中午
于深圳机场候机楼

纤夫的写照
——观三峡纤夫照有感

这是一艘几千年的古船，
在滚滚江水中颠簸；
这是一个苦难深重的民族，
在历史风云中煎熬。
纤夫，是古船前行的动力；
拉纤，是民族生存的写照。

我们总是一无所有，
无牵无挂赤条条；
我们总是弓背弯腰，
竭尽全力斗浪涛。

无论是风雨雷暴，

无论是险滩暗礁。

纤绳勒进肉里，

像奴隶的镣铐；

寒风刮在身上，

如锋利的刺刀。

我们的脚踩在河滩岩石，

我们的人匍匐卵石浅滩，

用生命向世界虔诚祈祷。

我们的身体像古铜样黝黑；

我们的心灵如日月般自豪。

我们的汗滴在大地，

会长出奇异的花朵；

我们的泪洒在岩石，

会回响千秋的歌谣。

我们总是埋头拉纤，

无暇看风景这边独好；

我们总是抬头看路，

难顾及野花开了多少。

渴了掬一捧河水，

饿了咬几口馒头。

拉纤，拉纤，拉纤；

赶路，赶路，赶路。

无论多么疲倦，

难以关顾温饱。

我们的脚上打起了泡，
我们的心里架起了桥；
我们的生活贫乏单调，
我们的要求很少很少。
累了歇一歇脚，
乏了唱唱民谣。
总希望这艘船早日抵达，
总希望这条河不再烦躁。

历史总是由伟人们写成，
百姓总如蝼蚁多多少少。
虽说水能载舟亦能覆舟，
但是舟覆了我们自身难保。
虽说沉舟侧畔千帆过，
但是舟沉了它难免会挡道。
我们结实的肌肉逐渐瘦弱；
我们强健的体魄逐渐衰老。
我们总是埋头拉纤，
纤夫是我们朴实民族的自豪；
古船总是破浪前行，
船儿是我们多难祖国的写照。

写于 2016 年五四青年节

大海宽广的胸怀

蔚蓝色的大海
您有怎样的胸怀
把领袖的伟大
揽入您的世界
任何屈辱与功勋
都在涛声里徘徊

徽墨色的大海
您有怎样的悲哀
把智者的伤痛
埋进您的期待
期望闪电和雷鸣
唤醒麻木与自爱

彩霞色的大海
您有怎样的未来
将权势的贪婪
卷入历史尘埃
洗净污浊与清白

2017 年 7 月 15 日

拉斯维加斯的杀戮

是恐怖分子的摧残？
是精神变态的杀戮？
人间天堂成了地狱，
音乐观摩变为绝路。
哒哒哒，
催命的枪声连续，
啊啊啊
饮弹的惨叫凄苦。
欢乐瞬间成了惊恐，
享乐顷刻变为惨呼。
风卷残云啊一命呜呼，
惊慌失措啊慌不择路。
恶魔在制高点上狂射，
生命在垂死挣扎迷途。
草菅人命啊难得糊涂，
生死在天啊同归殊途。
我们诅咒恐怖分子的残忍，
我们愤懑精神变态的糊涂。
我们寻找世界安宁的角落，
我们呼唤宇宙和平的雨露。
让世界不再有争斗，
让人世不再有杀戮。

让心灵不再有污秽，

让枪口不再有血污。

让我们祭上一束康乃馨，

让熄灭的灵魂走向归途；

让我们唱起一阕安魂曲，

让惊恐的世界摆脱恐怖！

2017 年 10 月 3 日

于瞻雨斋

丝绸之路的畅想

让驼铃送走晚霞，

让炊烟把暮色描画。

浩渺的沙漠，

平静时逶迤的曲线，

像静卧美女的优雅；

狂放的风沙，

暴怒时呼啸的嘶哑，

像凶猛野兽的厮杀。

为了打通这条路，

留下了多少白骨，

将丝绸送到天涯；

为了搭建贸易桥，

走破了多少鞋袜，

将友谊传遍世界。

骆驼的剪影，

绘出了晨曦的朝霞；

圆月的光华，

勾勒出红柳的枝丫。

不管衣衫褴褛，

不管雨雪风沙，

执拗地走向

另外的世界，

无论戈壁荒滩；

坚定地寻觅

别样的人们，

无论金发黑发。

或许就有了

大漠孤烟直；

或许就有了

反弹的琵琶。

在繁星满天的深夜，

闻听狼嚎难以入眠；

在红日东升的早晨，

催动驼队再次出发。

丝绸之路，

是走向世界的天梯；

丝绸之路，

是文化传播的萌芽。

祖先的智慧与勇气，

让我们有了自信和骄傲；

祖先的勤奋与探索，

让我们有了坚强与繁华。

2017 年 11 月 11 日

于外滩 W 酒店

"世界城市文化上海论坛（2017）"

公祭，不忘历史伤痛

白色是深深的哀悼

黑色是长长的思念

咆哮的警报

是民族愤懑的怒吼

飘扬的半旗

是国家庄重的纪念

八十年前的悲剧

是惨绝人寰的画面

三十万人的逝去

是灭绝人性的硝烟
刺刀挑起婴儿
淋漓鲜血哭声哽咽
机枪横扫无辜
奸淫杀戮无法无天

声嘶力竭的孩子
是扭曲铁轨的牵念
狂轰滥炸的断垣
是平民百姓的梦魇
血流成河的古城
铭刻侵略者罪恶滔天
国家公祭的庄严
凝聚哀悼者和平祈愿

将国歌雄壮唱响
将鸽子放飞蓝天
红领巾诗歌吟诵
领导人真诚悼念
诅咒战争呼唤和平
反思历史谴责战犯
让警报在心底久久拉响
让伤痛在哭墙铭刻回旋

2017 年 12 月 13 日
于上海市文联

165

送别乡愁之父余光中

你把乡愁画满天空

你把亲情酿进酒中

人们都把你的诗朗诵

是你将思乡心弦拨动

一页帆影

映上两岸心胸

一首民谣

唱响乡情涌动

你走了

不带走一片云彩

你走了

乡愁都化作浮云

当作别故乡时

人们都会默默乡愁吟诵

当思念故里时

人们都会记起乡愁之父

——余光中

2017 年 12 月 14 日

于韩国外国语大学

红月亮蓝月亮

也许我们常常

忽略头顶的月亮

也许我们常常

忽略身旁的情感

今天众望所归

夜空的红月亮蓝月亮

望着她慢慢被吞

盯着她渐渐变红变蓝

大概人们常常

对身旁的事物司空见惯

大概人们常常

对不变的东西兴味索然

才有了左手握右手

的麻木不仁

才有了见异思迁

的痴心妄想

仰首翘望着慢慢

恢复常态的圆月

就想应该如何珍惜

身边的情感

就想应该如何思考

变一变花样

2018 年 1 月 31 日

姑娘，你为何自杀

姑娘，你为何自杀？
你有这么美的岁月
和青春年华，
你有这么爱你的
慈祥的爸爸妈妈，
姑娘，你为何自杀？

姑娘，你为何自杀？
你学习在北大，
你是天之骄子，
让多少人把你
妒忌羡慕煞，
姑娘，你为何自杀？

姑娘，你为何自杀？
是为了人生尊严？

你遭到难堪的凌辱，
是为了控诉欺压？
你还遭受了辱骂，
姑娘，你为何自杀？

姑娘，你为何自杀？
听听父母的哭泣，
墓碑前哭到嘶哑；
看看父母的白发，
春日里随风飘洒，
姑娘，你为何自杀？

姑娘，你为何自杀？
欺负你的禽兽，
仍趾高气扬傲慢自大，
他头上的光环，
层层迭迭像天上彩霞，
姑娘，你为何自杀？

姑娘，你为何自杀？
如果不是绝望，
你不会离开北大；
如果不是心死，
你不会离开爸妈，
姑娘，你为何自杀？

姑娘，你为何自杀，
你的同学和老师，
仍然为你伸冤，
你的爸爸和妈妈，
仍然把你牵挂，
姑娘，你为何自杀？

姑娘，你为何自杀？
只有道貌岸然的他，
仍在狡辩在自夸；
只有志得意满的他，
仍像朵绽开的花，
姑娘，你为何自杀？

姑娘，你为何自杀？
法律如何饶恕禽兽，
权大还是法大？
道德仍在惩罚，
让正义唾沫淹死他！
姑娘，你为何自杀？

姑娘，你为何自杀？
你墓上又绽开鲜花，
当年的你太傻太傻！

仍应将肇事者鞭挞，

不能让悲剧再发芽，

姑娘，你为何自杀？

2018 年 4 月清明节

聆听女儿的心脏

美国威斯康辛州二十岁姑娘艾比溺水身亡，她的心脏捐赠给了黑人小伙杰克，艾比的父亲思念女儿，骑行两千多公里，找到受赠者杰克，用听诊器聆听女儿心脏跳动的声音，泪流满面。

这是生命的延长

这是父爱的如山

骑行千里

去聆听女儿的心脏

日思夜想

去寻找陌生的希望

当两个男子拥抱

就像太阳拥抱月亮

当聆听心脏跳动

就像听到女儿歌唱

眼泪止不住地流淌

话语哽咽风云激荡

新的树苗在生长

新的花儿会开放

抱着他的父亲

像抱着女儿的胸膛

抱着父亲的他

像抱着感恩的希望

有缘千里来相会

千里姻缘一线牵

这都源于这颗心脏

这都源于大爱无疆

挥挥手，父亲蹬起车

挥挥手，杰克抬眼望

心仍然跳动，充满希望

她仍然活着，执着坚强

2018 年 5 月 22 日于瞻雨斋

感慨甘肃女高中生跳楼

2018 年 6 月 20 日晚 7 点，甘肃省庆阳市女高中生李奕奕，挣脱了消防员的手，说了声"谢谢"，纵身跳下八楼，女孩因遭到班主任老师性侵而寻短见，楼下观看的人们却一再催促她"跳呀，跳呀"。

她冷冷地站在八楼
人们冷冷地看她跳楼
她遭难启齿的侮辱
人们不关心她的忧愁
闭上眼睛她总看见
那只魔爪在身上游走
睁开眼睛她常看到
那个禽兽在校园抖擞
孤注一掷去告性侵
绝望抗争去争自由
却有其他教师劝她放弃
却有公安机关仅将他拘留

她冷冷地站在八楼
摆不脱内心无比愤怒
她孤独地面对宇宙
逃不脱社会冷漠话稠
有看客抬头看戏
冷冷地说"一跳解千愁"
有看客幸灾乐祸
热情地打开录像的镜头
救援者紧紧抓住她的手

他坚定把美丽拯救
高中生坚决挣脱他的手
说"谢谢您，哥哥"
她像一片嫩叶飘向大地
难以承载羞愧忧愁
他像一名士兵勇敢愧疚
嚎啕大哭浑身颤抖

花季女孩啊前程锦绣
却心如死灰哀愁
高中女生啊岁月如歌
却决然而然跳楼
传道授业解惑的教师
何以成为猥亵女孩的禽兽
让世界充满爱的社会
何以成为催促跳楼的看客
救援者的眼泪
是对于轻生者的怜惜
是对于看客们的怒吼
高中生的跳楼
是对于肇事者的控诉
是对于无情者的追究

2018 年 6 月 28 日
于浦东滨江大道

174

桂林西街的哀悼

2018年6月28日中午，无业人员黄某因生活无着落报复社会，用菜刀砍死上海世外小学两名学生，砍伤一名学生和一位家长，写小诗表哀悼与追思。

这里的桂花还没开
这里的菊花很悲哀
点燃几支蜡烛
悲情溢出了怀
无辜的孩子多可爱
疯狂的禽兽把他害
桂林西街，一个伤心之地
桂林西街，悲伤在此徘徊

肯定是心理的变态
肯定是内心的无爱
不然，你如何举起屠刀
不然，你如何气急败坏
你砍向了无辜的孩子
酿成了上海的悲哀
你砍向了复杂的社会
走向了无尽的苦海

默默地在桂林西街徘徊
悄悄地向茫茫宇宙悲哀
人啊人
为何只有憎恨没有关爱
人啊人
为何只有杀戮没有关怀
将仇恨消弭在襁褓里
将关爱充溢在人世间

哀悼逝去的无辜者
谴责被捕的肇事者
我们还需要叩问
怎么才能让世界充满爱
我们还需要思考
怎样才能让人生少悲哀
哀悼在桂林西街
让鲜花永远开不败
徘徊在悲剧之地
让烛光温暖人心怀

2018 年 6 月 30 日于雨中

世界杯颁奖台的大雨

世界杯是世界的欢呼
一个月的激动辛苦
世界杯是人类的瞩目
一个球的牵肠挂肚
结束了，分出胜负
输了的，打道回府
闭幕了，偃旗息鼓
赢了的，享受幸福
当领奖者站上领奖台
接受总统的颁奖
当总统们站上主席台
眺望世界的欢呼

也许是世界杯太热的缘故
也许是颁奖台拥挤的辛苦
突然下起了瓢泼的大雨
泼向了西装革履楚楚
突然激起了浪涛般欢呼
泼向看台下激情鼓舞
让雨洗去征战的尘土
让雨洗净观战的迷糊
金光闪闪的大力神杯

默默地望着球场的争夺
托住地球的大力神杯
悄悄地观赏颁奖的雨幕

世界杯是体育的竞技
世界杯也是外交的角逐
世界杯是球星的升起
世界杯也是政坛的演出
脚法精准临门一脚
成为了国家的英雄

挺胸露腹搔首弄姿
成为了世界的新宠
矜持威严笑容可掬
成为了政坛的风度
瓢泼大雨拉开了帷幕
大雨瓢泼让世界瞩目

一把黑伞，像一朵乌云
把普京头顶遮住
一个保镖，像一面盾牌
把俄国威严守护
矮小的法国总统
突然变得十分高大
美艳的克罗地亚总统

突然变得更加艳丽

光头的足协主席

突然更加星光四射

雨中的颁奖

成为新的演出

雨中的拥抱

有了新的温度

雨中的这把黑伞

失去了大国的风度

颁奖台的大雨

回响起世界的唏嘘

2018 年 7 月 15 日
世界杯闭幕式后

愤怒于重庆恶女

你居然对司机挥老拳

在重庆的大桥上

你居然让全车人陪葬

在恶女你活厌时候

在有几千年文明的古国

你居然如此蛮不讲理

179

在强调法治社会的今天
你居然如此嚣张跋扈
无情的江水淹没了车
也淹没了无辜的乘客
遗憾的是乘客居然
无动于衷默默忍受
奔腾的江水淹没了车
也淹没了众人的嘶吼
遗憾的是司机居然
没有刹车冲下大桥
我听见了乘客惊恐嘶喊
他们后悔没有挺身而出
我听见了恶女胆怯鸣叫
她也后悔纠缠司机停车
乱了整个车厢
司机和恶女拥抱在一起
乱了整个世界
自我凌驾世界得意悠悠
我们不去提倡普世价值
我们应该强调社会法则
我们不去抨击道德沦丧
我们应该关注心灵拯救
将沉默的公交车打捞出水
我们不愿看到恶女的面容
将沉默的思考凝聚于雨后

我们不愿再听到悲剧葬歌

2018 年 11 月 4 日于浙江大学

默默地送行 民族的致敬
——送别三十位救火英雄

2019 年 3 月 31 日，在四川凉山森林大火中，由于风向突转，引起森林爆燃，三十位救火消防员葬身火海，其中年龄最小者仅十八岁。4 月 2 日深夜遗体运送经过西昌街头，市民自发相送，菊花撒在街头，人们深情呼唤："英雄，一路走好！"

仍然记得你们
扑向火海橘红色的背影
仍然记得你们
挥手告别大无畏的眼神
杜鹃花烧枯了
仍然是一颗春天的心
松柏烧黑了
仍然在山崖伫立坚挺

仍然记得你们
欢声笑语朝气蓬勃年轻

仍然记得你们

列队训练一丝不苟严谨

太阳被熏黑了

你们无所畏惧灭火前行

月亮被烧红了

你们一往无前奉献生命

你们太勇敢太年轻

你们太鲁莽太不幸

人们都说叱咤风云

人们都说水火无情

你们刚迈进青春的门槛

你们却葬身火舌的威淫

你们已听不到恋人的哭泣

你们已听不到父母的叮咛

深夜的街头寒风凛冽

深夜的街头菊花凛凛

长长的灵车走过

走过了三十名英灵

长长的哭泣响起

伫立着默默地送行

这是一幕青春的悲剧

这是一幕民族的致敬

灵车走过

留下夜半的冷清

揩干泪眼

心海涌起了警醒

如何保护自然生态

如何爱惜青春生命

让生命能够有绿色呼吸

让青春没有无谓的牺牲

默默地为大地祈祷

静静地为英雄送行

2019 年 4 月 3 日于高铁

让祈祷平息内心隐痛
——记巴黎圣母院大火

2019 年 4 月 15 日下午 6 点 50 分左右，法国巴黎圣母院发生严重火灾，这座有八百五十年历史的教堂被大火吞没，世界为之震动。

这是维克多·雨果的恶梦，

让教堂在大火中汹涌；

这是法兰西民族的伤痛，

让历史在热浪里燥动。
巴黎人在大火前跪着祈祷，
请求上帝拯救这心的绞痛；
我们在大火后仰望着星空，
回忆着圣母院钟声的恢弘。
这是吉普赛女郎的美梦，
埃斯梅拉达曾舞姿雍容；
这是敲钟人善良的心胸，
他将伪善揭露给了民众。
悲剧展露了美与丑的相拥；
杰作铭刻着真与伪的感动。

烧红的天穹，
看塔尖慢慢弯曲倒塌；
烟雾的汹涌，
望泪水渐渐淋湿前胸。
塞纳河也停止了流动，
游船的汽笛也悲伤动容；
埃菲尔铁塔弯腰鞠躬，
驻足的游客也顿足惊悚。

我曾经在巴黎圣母院参观，
总想象卡西莫多在哪里敲钟；
我曾经在圣母院广场漫步，
总盼望见到吉普赛女郎的尊容。

文化遗产属于世界，

应该惩处破坏的元凶；

世界经典归于民众，

让祈祷平息内心隐痛。

2019 年 4 月 16 日于上海师范大学

死亡冷藏集装箱

　　2019 年 10 月 23 日凌晨，在英国艾塞克斯郡一汽车冷藏集装箱内发现三十九具偷渡者的尸体，其中八名女性，三十一名男性。二十五岁的司机涉嫌谋杀罪被捕。

我不敢想象

柜门打开时的惨象

像庞贝城遭火山吞噬

我不敢想象

生命挣扎时的狰狞

像绞刑架让呼吸骤停

偷渡，是追求别样的人生

偷渡，是向往美丽的风景

我不知道

他们如何进入死亡
是从昏睡入死灭
还是敲击车顶
我不知道
他们如何告别生命
是一直默默祈祷
还是大喊救命

伊甸园里的苹果
让人们懂得羞愧
亚当夏娃的爱情
让生命得以延伸
怀胎十月
相濡以沫
却让三十九个生命
就如夜空的流星
却让三十九颗星星
瞬间就没有光明

患得患失
患贫不患失去尊严
塞翁失马
偷渡而毁灭了生命
那紧紧拥抱的
是否夫妻同归于尽

那横眉冷对的
是否受骗仍不清醒

人间的喜剧
大多善良筑就
人类的悲剧
大多人为造成
小心谨慎
让罪恶无法猖狂
随遇而安
让偷渡难以出境
为死难者祈祷
让他们的灵魂升天
向偷渡客叮咛
最重要的总是生命

2019 年 10 月 25 日
于苏州敬斋酒店

社会渐冻症

是从昏睡入死灭？
是从麻木到僵硬？

187

冻从哪里来？

北极的冰山？

南极的冰川？

人生是从出生，

走向死亡的过程；

社会是从贫困，

走向富裕的征程。

可怕的是渐渐的麻木，

可怖的是慢慢的昏沉。

没有人大声呐喊，

没有人触目惊心。

一切都顺其自然，

一切都逐渐冰冷。

儿子竟然向父母拔刀，

学生竟然将老师出卖。

看客嚎叫自杀者快跳楼，

骗子诱骗老人们都入彀。

哪里去寻找纯洁的灵魂？

哪里去寻觅社会的良心？

虽然红日朗照，

但是却觉得浑身冷透；

虽然熙熙攘攘，

但是却觉得人心相隔。

渐冻症让浑身肌无力，

连吞咽都非常忧愁；

渐冻症让社会贮满愁，

连父子都有深深代沟。

谁能将渐冻症拯救？

让他能够正常行走。

谁能向大社会屈就？

让人能够呼吸自由。

如何我的呼吸开始急促？

难道也感染了渐冻症？

如何我的眼睛开始模糊？

难道是冰雪充满忧愁？

2019 年 11 月 2 日
因卢新华发言启迪而写

泣"非故意击落"航班

2020 年 1 月 8 日凌晨，在伊朗德黑兰霍梅尼机场起飞的乌克兰客机被导弹击落，机上一百七十六人无一幸免，伊朗方面承认"非故意击落"。

客机起飞不到三分钟，

在伊朗德黑兰的天空，

非故意的导弹，

就气势汹汹；

如狰狞的恶魔，

就残忍舞动。

是哪个在指挥若定？

是哪个将按钮按动？

施暴者害怕别人施暴，

进攻者担心别人进攻！

按钮一旦按下，

就难以收回；

战争一旦发动，

就遗患无穷。

攻击军事基地的导弹，

如何对准了班机？

伊朗复仇凶狠的火焰，

如何烧向了民众？

是哪只罪恶的手指，

按下了发射的按钮！

是哪双恶毒的眼睛，

模糊了复仇的夜空！

一道火光划过天空，

一声巨响震惊天穹，

一百七十六条生命，

瞬息被夺走，

有许多老人儿童；

一百七十六个灵魂，

瞬间化长虹，

坠入无尽的噩梦。

有新婚六天的夫妇，

有大学地理学博士生，

有石油工程师佐凯，

有九岁女孩埃斯美隆。

在基辅机场等候的，

有妻子、丈夫、情人；

在基辅机场翘首的，

有父母、姐妹、弟兄。

非故意击落？

轻描淡写的道歉，

让世界难以忍容；

故意的发射，

铁证如山的事实，

让亲人泪如泉涌。

报复与暗杀，

阴谋与怂恿，

智慧如何写上了导弹？

愚昧如何成为了英雄？

这么多家庭的悲伤，

这么多亲朋的伤痛！

肇事者想想你的罪孽？

发动者摸摸你的前胸？

悲剧已无法挽回，

看残骸上鲜血淋漓；
灵魂总永不瞑目，
听半空中叹息无穷。
我们要惩罚凶手，
我们要惩戒元凶。
埋葬了冤死者的遗骸，
我们祈祷让灵魂安息；
遥望着德黑兰的夜空，
我们期盼让世界和平；
面对冉冉升起的太阳，
我们期望平安的中东。

2020 年 1 月 13 日于地铁

我不能呼吸了！

黑人乔治·弗洛伊德
被膝压在地，无力地呻吟：
我不能呼吸了，妈妈！
我不能呼吸了，妈妈！
这是他最后的遗言，
这是他最后的哀告。

警察里克·肖文极为冷酷，
他用膝盖死死跪压颈项，
如抵压着一只逃跑的野兽。
他心里想：
你们这些黑鬼，
到我的手里不会放你跑！
你们这些败类，
看你还在歇斯底里嘶叫！

生命在挣扎，
气息在呼叫，
我不能呼吸了，妈妈！
我不能呼吸了，妈妈！
他推不开如山样的膝盖，
他推不开种族仇视巨炮。
膝盖扼颈濒临窒息，
向谁求救向谁祷告？

里克·肖文极端焦躁，
他与三个警察齐心协力，
像拘捕野狼般拼命撕咬。
看着他渐渐疲软，
他们才想起将他拽起，
看着他没有呼吸，
他们才打电话救急求告。

193

生命已奄奄一息，
尊严已哀哀无告。
执法者无视法律和生命，
受害者何处将尊严讨要？
如飓风刮遍大地，
像雷电四处咆哮，
还我尊严，还我权益，
让生命如何才能安全逍遥。

警察，你没有权利
随意扼颈让呼吸停止，
美国，你没有资格
随便歧视让黑人哀嚎。
自由女神依然伫立港口，
去哪里争取民众的自由？
独立宣言仍然高高擎起，
去哪里寻觅独立的布告？

2020 年 5 月 31 日
闻知乔治·弗洛伊德被过度执法死亡而作

"非升即走"的悲剧

难以想象文人动刀的时候

难以理解鲜血淋漓的割喉

你何以如此凶恶残忍

你何以如此嚣张忧愁

回荡你耳畔的

是"非升即走"

像掷一块巨石在心湖

砸在你脑门的

是"非升即走"

像竖一座大山在身后

你应该是天才

留学生涯将学术道路铺就

你却变成魔鬼

"非升即走"却让你无路可走

那把明晃晃的小刀

无情地在办公室挥舞

那道恶狠狠的眼光

像狼一样凶狠地怒吼

你割断了书记的咽喉

你也把自己的路割断

你宣泄了郁积的私愤

你也禁锢了人生自由

我们谴责绝望的抗争
我们愤懑无谓的冤仇
天才与疯子
只有一步之路
恩情与仇人
只有一墙之隔
如何让人心更靠拢
如何让冤仇早化解
非升即走，升得高兴
非升即走，走得快乐
让世界更多笑脸
让生活更少忧愁

2021 年 6 月 14 日端午节

救救中国"铁链女"

为何用狗链拴住了
这秀美的女子？
难道以薄衫罩得住
这严冬的凄厉？

196

金钱，可以贩卖美丽？
人性，可以绑架记忆？

健康已被摧残，
二十年的生不如死；
苦痛不仅肉体，
她成为生育的机器？
在计划生育的严控中，
她生下了八个孩子；
在脱贫致富的国策下，
她居然在贫困谷底。

没有贫困就没有贩卖，
我们反对画饼充饥；
没有愚昧就没有虐待，
我们谴责官场迷离。
把天真绑成麻木
没有很长距离；
把人性磨成兽性
没有多少稀奇。

总不相信大千世界，
还有被遗忘的角落？
总不相信人民江山，
还有被忽视的悲剧？

我们期望有世外桃源，
却不愿意是人间地狱；
我们期望能脱贫致富，
却不愿意是渴盼救济。

救救中国"铁链女"，
也是拯救我们自己！
救救中国"铁链女"，
也是拯救我和你！
如果被贩卖的是你的女儿，
那会是多大的痛苦？
如果被锁住的是我的祖国，
你我是否还能呼吸？

2022 年 2 月 13 日

我们诅咒战争

呼啸而过的炮弹
炸毁了楼宇和自尊；
鲜血淋漓的惨象
诀别了亲人和温存。
谁愿意送儿女上战场？

忍受撕心裂肺的痛苦；
谁愿意别恋人上前线？
经受提心吊胆的惊魂。

主宰世界的并非人民，
看难民们流浪四方躲避战争；
挑起战火的总是强权，
看总统府灯光如昼帷幄如梦。
枪炮夺走了多少生命，
残忍抛弃了现代文明；
狂言叫喝着毁灭世界，
独裁制造着人间噩梦。

能在谈判桌上解决的，
为何要让武器说话？
能在光天化日下做的，
为何要半夜里偷袭？
我们总说正义之战，
回眸历史只留下千古罪人！
我们总说爱国主义，
放眼未来只希望消灭战争！

我们走在长长的逃难路，
忍受着无穷的恐怖与饥寒；
我们站在凄冷的墓茔前，

送别了牺牲的战士与真诚。
我们诅咒战争，
让总统们在拳击台对决；
我们诅咒战争，
让人世间拥抱和平温存！

2022 年 3 月 4 日

于瞻雨斋

我们祭奠 132 朵白云

2022 年 3 月 21 日，东方航空公司 MU5735 航班从昆明飞往广州白云机场，在广西梧州藤县坠毁，机上 132 人全部遇难。

这是一个惊天的噩梦，
飞机破碎在梧州的上空；
这是一个迷离的霓虹，
生命化作了 132 朵白云。

他刚与新婚妻子告别，
婚纱照烙下最后的笑容；
她已准备去英国留学，

朋友筹划 16 岁生日欢送。
拉古族女儿赴追悼会，
阖家六人告别芦笙古松；
乘务长有美丽的笑容，
她把美丽化作蓝天彩虹。

找不到他们远去身影，
看不见他们温馨面容。
亲人们在机场苦苦等候，
消防员在山村沐雨栉风。

人们点起一排排蜡烛，
为你们导引坎坷的路途；
人们默默为你们祈祷，
期望你们走进亲人晨梦。

你们化作了 132 朵白云，
飘荡在雨后的万里晴空；
带走遇难地的一抔黄土，
期盼你的英魂返归家中。

让我们朝梧州方向默哀，
仰望蓝天 132 朵白云；
让我们向遇难家属致哀，

逝者已逝，生者保重！

2022 年 3 月 27 日

"3·21 空难"头七祭

紧紧牵着你的衣袖

——哀悼长沙被掩埋的逝者

2022 年 4 月 29 日，长沙医学院附近的一幢八层楼房倒塌，十人获救，五十三人不幸遇难，其中有四十四位学生，长沙医学院门口堆满了悼念的鲜花。

这是一首怎样的悲歌？
唱得月亮也白了头！
这是一种怎样的哀愁？
过了今日没了春秋！
青春被掩埋了，
连同悬壶济世的风流；
世界都崩塌了，
连同舞姿翩翩的快乐！

这是一种怎样的惨象？
塌陷到底的八楼！

这是一种怎样的颤抖？
撕心裂肺的嘶吼！
家长们来此处哀悼，
没了儿女老泪横流；
同学们来此处追思，
祈愿灵魂化作星河。

这世界究竟变得如何？
疫情蔓延炮火狂吼！
这岁月为何这般忧愁？
悲剧连连千古悠悠！
将祸害根由追究，
把社会根基筑牢；
让父母接你们回家，
紧紧牵着你的衣袖……

2022 年 5 月 8 日
于瞻雨斋

唐山，火山的爆发

地震的残垣
是岁月的泪痕；

火山的爆发

是众怒的积压！

暴徒们何以

对无辜少女大打出手？

恶棍们何以

对花季女孩拳脚相加？

西门庆调戏良家女，

还要精心谋划；

烧烤店性侵美少女，

为何如此潇洒？

高衙内陷害林教头，

还要小心翼翼；

绿衣男狂揍弱女子

为何心狠手辣？

拳打脚踢座椅猛砸，

还恶狠狠拖住头发！

从店堂里到店门口，

如狼似虎流氓恶霸！

唐山啊，是冤仇压抑太久！

看告状的队伍黑压压。

唐山啊，是法律总被淡化！

听诉苦的泪滴滴答答。

有持无恐的作恶，

总有名叫"李刚"的爸爸；

逍遥法外的暴徒，

总有索贿受贿的"砝码"！
民众无处伸冤，
人民还是江山吗？
都说法网恢恢，
究竟是谁的天下？
纯情的少女
会留下丑陋的伤疤，
心里的伤痕却难结痂；
奔涌的怒火
会冲破厚厚的地表，
将冤屈愤怒一并烧化！
罪恶应该得到审判，
公正总会发芽开花。
旧账应该一起清算，
乾坤总会盛开百花。
唐山，愤怒火山的爆发，
唐山，将冤屈恐惧冲垮！

2022 年 6 月 17 日

我站在黄河岸边，
我轻轻地叩问：
黄河，是你给了
华夏民族的肤色吗？

现场观感

知青的梦二首

过去的梦

或者是肩上的担
像大山一样重
或者是路上的车
像飓风一样疯
或者是妈妈的脸
依稀慈祥朦胧
或者是老屋的楼
星夜灯光迷蒙
迷惘孤寂彷徨
失落无助懵懂
那时年轻的我们
像一棵移栽的树苗
渴望雨露阳光春风
那时稚气的我们
像一只漂泊的小船
惧怕雷电巨浪狂风
那时的梦
紧张焦虑迷惘
那时的梦

饥渴失望沉重

2015 年 11 月 14 日

于瞻雨斋

如今的梦

或者是梦里的山

那样的郁郁葱葱

或者是梦里的人

那样的怦然心动

或者是丰收的粮仓

一直插入天穹

或者是新造的高楼

沐浴新农村春风

欣喜自豪兴奋

自信自强激动

如今年迈的我们

如一株茂盛的老树

为行人遮雨避风

如今骄傲的我们

如一艘离港的船舶

迎接夕阳无限好的黄昏

如今的梦

快乐自由闲适

如今的梦

幸福希望轻松

2015 年 11 月 14 日
于瞻雨斋

最后的一片羽毛
——观舞剧《朱鹮》有感

用肢体的柔美妖娆

演绎大自然的无限美好

高贵典雅

这是一种吉祥之鸟

矜持友善

这是一种多情之鸟

飞翔在山清水秀之间

朱鹮是动物世界的瑰宝

张开的双翅

把绮丽的山河拥抱

快乐的歌吟

将生命的激情宣告

飘呀飘

看那片像云朵般的羽毛

飘呀飘

看这场如神话般的舞蹈

噩梦是人类制造

掠取像国际海盗

山变成了狰狞的魔鬼

水变成了致命的毒药

苟延残喘奄奄一息

拯救世界

是大自然的宣告

时过境迁哀哀无告

拯救朱鹮

是全世界的征兆

何处是它们的繁衍之地

世界已经变得越来越小

哪里是它们的栖息之处

环境已经变得越来越糟

拯救朱鹮

是拯救人类自己

拯救生态

是拯救风雨飘摇

别让世界留下最后

一根羽毛

别让天地留下最后

求救呼号

2016 年 4 月 30 日

211

到和平少女旁坐坐

你们俩赤脚
静静地坐着
短发齐肩
辫子垂胸
木然的眼神
宣告承受的折磨
紧握的双拳
将满腔仇恨诉说
青春被战争蹂躏
生命被凶残赤裸

战火早已熄灭
罪孽却未清算
痛苦深埋心底
白发见证罪恶
让我给和平少女
围上米色的围脖
让我给她们献上
百合玫瑰几束

静静地
在空着的椅子上坐坐

让我想象你们的噩运

想象你们经受的苦难

你们伤痕累累的诉说

没有谢罪就没有忏悔

没有强征就没有罪恶

只有正视历史

才能维持和平

只有反对奴役

世界才不会堕落

2016 年 11 月 12 日

于瞻雨斋

红楼漫步

静静地，冬阳

我在红楼漫步

听见了郁达夫

的长吁短叹

看见了朱光潜

的美学思绪

悄悄地，绿树

我在红楼踟蹰
听到了汪静之
的情诗如湖
望见了苏雪林
的棘心似路

轻轻地，脚步
我在红楼思索
听说了冯沅君
的爱情像书
窥见了梅光迪
的衣冠楚楚

红楼是一首古老的歌
红楼是一卷厚厚的书
走出红楼
我的心，一面激情的鼓
走出红楼
我的情，一张历史的图

2017 年 12 月 9 日
于安庆师范大学文学院红楼

陈独秀纪念馆遐思

也许因为一峰独秀，
众必摧之，谁评说；
也许因为擎旗领袖，
岁月如歌，风哑喉。
耿直，一块不屈的石头，
民主总是眉宇间的忧愁；
执拗，一条奔腾的河流，
科学总是世界永远探究。

找不到了，故居的篱墙，
功过淹没于历史的褶皱；
听不见了，五四的怒吼，
雁影消失于唾液的胡诌。
秉笔直书的何在？
古塔下红色标语依旧；
仗义执言的何在？
长江畔屈原天问悠悠。

白玉的牌坊，
是打到孔家店的忏悔？
雄踞的雕像，
是新文化旗手的讴歌？

215

新青年封面的塑像，
翻回到难忘的 1919？
陈独秀圆形的墓塚，
塑成大理石的地球？

称臣俯首的，
总将媚骨换成赞歌；
桀骜不驯的，
总会历经多少坎坷。
难想象他晚年的凄凉：
穷困潦倒残灯如豆，
独自在寒风中颤抖；
难想象他内心的怒吼：
襟怀坦白铁骨铮铮，
永远不倒的胡杨千秋。
风云常常是时代悲歌，
历史究竟是谁人写就？

2017 年 12 月 10 日
于安庆至上海高铁

观摩舞剧《霸王别姬》

刀光剑影

项庄舞剑意在沛公

轻歌曼舞

霸王别姬山河撼动

阴谋总左右历史

美色总驾驭英雄

别说沙场弟兄

看血雨腥风

别说惺惺相惜

看权欲多重

别有害人之心

站如松坐如钟

须有防人之胸

提防蛇蝎百虫

别等血染战袍红

后悔当初

别等剑架颈项耸

壮士动容

生离死别

虞姬依然风情万种

依依惜别

砰然倒下依然英雄

以肢体语言演绎历史

有柔有刚刚柔相济

用华丽场景描绘英雄

大江东去灿烂星空

2018 年 6 月 19 日

于上海国际舞蹈中心大剧场

观摩舞剧《霸王别姬》

江南文化组诗

一、江南雨

淅淅沥沥

江南雨

绵长的情谊

叮叮咚咚

江南雨

悠长的思绪

谁撑油纸伞

走过小巷

闪过旗袍身影

谁拨弄琵琶

丝竹声声

飘来几声叹息

桃花已谢

蟠桃带雨甜蜜

燕子筑巢

小燕雨中翻飞

江南雨

如梦如幻

江南雨

如歌如泣

二、 江南谣

是外婆的小曲

是船娘的民谣

浸透了江南的雨丝

浸润了民间的窈窕

谁在瓦屋前吟唱

谁在长巷里逍遥

晃动着童年的摇篮

陪伴着孩童的欢笑

卖兰花的阿婆

香气隐隐地飘摇

磨刀剪的老爹

吆喝悠长地缭绕

江南谣

唱响爷爷的泪光

江南谣

唱响孩童的欢笑

三、 江南花

烟雨江南的梦

姹紫嫣红

桃红柳绿的花

朦朦胧胧

荡一只小舟

在花海里雍容

携一管竹笛

在碧波前临风

让那头水牛逍遥

让那只铜钟恢宏

江南的花

装点春夏秋冬

江南的花

唱响历史风云

四、 江南风

让柳丝轻轻飘动
让雨丝悠悠如梦
江南的风
优雅雍容
春茶清香飘动
江南的风
清新朦胧
夜月古桥波涌
在轻风中摇船
看碧波涟漪
在轻风里入梦
梦中露笑容

2019 年 7 月 9 日
于上海师范大学

苏河湾漫步

弯弯的河
是外婆的摇啊摇
弯弯的桥

是爷爷唱的歌谣
在苏河湾漫步
风风雨雨的飘摇
在苏河湾漫步
五星红旗的飘飘

弯弯的河
是妈妈的摇篮摇
弯弯的桥
是爸爸的酒香飘
在苏河湾漫步
一河两岸的骄傲
在苏河湾漫步
中西合璧的逍遥

弯弯的河
是青春的窈窕
弯弯的桥
是孩童的欢笑
在苏河湾漫步
阅读历史的喧嚣
在苏河湾漫步
奔向未来的波涛

2022 年 1 月 10 日
于四行仓库

我站在黄河岸边

我站在黄河岸边，
我轻轻地叩问：
黄河，是你给了
华夏民族的肤色吗？
黄河，是你喊出
中华民族的愤怒吗？
黄土抟人，脸朝黄土；
奔腾咆哮，浊浪滔滔；
掬一捧黄河水饮啊，
苦涩里是否有
民族的苦难泪水？
沙砾里是否有
船夫的哀哀无告？

我站在黄河岸边，
我静静地观望：
黄河，哪一缕黄水
是大禹治水的自傲？
黄河，哪几层波涛
是孔子巡游的逍遥？
皮筏颠簸，顺流而漂，
艄公持桨，英勇妖娆。

掬一捧黄河水沐啊，
黄色里是否有
先民的鲜血流淌？
浪峰里是否有
先儒的苦苦思考？

我站在黄河岸边，
我悄悄地抚摸：
黄河，哪几根小草，
是黄河泛滥的噩梦？
黄河，哪几颗石砳，
是黄河治理的自豪？
掬一捧黄河水洒啊，
阳光下是否有
民族复兴的远眺？
星辉下是否有
屹立世界的闪耀？

2023 年 4 月 15 日
于澳门大学

轻轻地，
我捡起一叶秋天，
如捡起夏日思念；
悄悄地，
我吟诵一阕宋词，
像涌动千年眷恋。

季节写意

深秋写意

雨滴秋梦破，
酒醉旧情长。
叶飘层林红，
天高白云亮。
桥古游客多，
街挤豆腐香。
咸亨黄酒醇，
鲁镇街衢长。
阔别握手紧，
相聚举杯狂。
探问老友事，
唏嘘同感伤。
对望两鬓白，
年高功名扬。
人老世事淡，
心平饭菜香。
发妻如手足，
儿女已翱翔。
开会像演戏，
致辞排成行。
贵宾离席去，
同仁先后唱。

树倒猢狲散，
握别有凄凉。

2015 年 11 月 9 日
于归家途中

暮 色

收走了最后一缕晚霞

黛青色的天穹

成为蝙蝠的嘈杂

拥挤的车道

人们争前恐后急着回家

卖花的姑娘

纠缠着老外和情侣

乞讨的残疾人

那条拐腿明显有假

一幢幢办公大楼

灯光先后闪亮

将惊奇插入夜的无涯

捡拾废品的老妈妈

仍然想着孙女的牵挂

街角卖发卡的老爷爷

依然在电话亭旁驻扎

自行车行列的流动

成为都市风景中的惊诧

2015 年 7 月 2 日

于瞻雨斋

雨天的街景

雨淅淅沥沥下个不停

坐在汉源汇的靠背椅

闻着咖啡香和书香

放松心情

看雨天的街景

绿意盎然的梧桐树下

汽车堵成了焦心

奶奶牵着放学的孙女

志愿者指挥着行进

花伞红红绿绿

描画出绮丽的风景

岁月如逝

孩提时常到此看电影

人生如歌

雨幕中将旅程反省

2015 年 6 月 26 日
于汉源汇聚会

黄梅天

闷热的天气

令人几乎透不过气

淅沥的梅雨

让人五脏六腑迷离

盼望太阳毒辣一些

晒去这些天的霉气

盼望天空澄清一些

摘白云将脏腑擦拭

邀几位友朋

用大杯将自己灌得烂醉

吹一管短笛

将新月吹出乌云直到晨曦

干脆将身体浸在浴池里

出一身热汗蜕去一身油泥

干脆将心灵沉在诗词里

放纵我封闭的情感和思绪

熬过这黄梅天

又是一个艳阳天

迈出这黄梅天

又是一个新天地

2015 年 6 月 20 日

于上海戏剧学院

了字歌

——深秋的梦

风凉了，叶黄了，

天亮了，梦醒了。

雨停了，花谢了。

叶落了，云淡了。

秋深了，心静了。

人老了，珠黄了。

头白了，有闲了。

牙落了，漏风了。

菜好了，味变了。

眼花了，心实了。

景美了，模糊了。

腿麻了，路长了。

坐多了，逛少了。

腰弯了，话直了。

楼高了，人矮了。

钱多了，用少了。

路宽了，车堵了。

车快了，事多了。

房大了，人远了。

妻老了，儿大了。

病多了，药贵了。

价涨了，吃少了。

退休了，事少了。

书多了，读少了。

聚多了，梦少了。

心宽了，体胖了。

2015 年 11 月 11 日
于赴学校途中

春 寒

柳枝绿了，桃花红了

春天来了，老人笑了

春风依然寒冷

231

脚步依然迟钝

河埠头洗衣姑娘

将春天晾在冬尽头

石桥畔卖糖小伙

把甜蜜撒向葡萄沟

让鸭知晓春江水暖

让花倒映云开日出

别让世界忘记了春天

让风刮去季节的糊涂

2016 年 3 月 26 日

春 雨

淅沥雨丝缠绵落，

长也是思，

短也是思，

谁家新娘试嫁衣，

隐约灯下有泪滴。

风雨淅沥花开时，

风也是诗，

雨也是诗，

谁撑红伞等旧爱，
画笔难绘春燕飞。

2016 年 4 月 23 日

闻香听乐识人

何处香风隐隐

让人心怡神清

茉莉桂花

袅袅婷婷

百合秋菊

妩媚娉婷

闭眼嗅香觅人

将鼻子伸长伸长

直到海角天涯

碎了月光

碎了寒星

何处环佩叮叮

拨动丝竹春心

短笛紫箫

春雨踏青

琵琶扬琴

江月叮咛

眯眼闻乐窥人

将耳朵拉长拉长

直到雨滴梦破

落了月色

现了晨星

2016 年 4 月 23 日

于瞻雨斋

我捡起一叶秋天

秋风凉了，

大雁往南飞远；

秋叶寒了，

缤纷飘落心田。

轻轻地，

我捡起一叶秋天，

如捡起夏日思念；

悄悄地，

我吟诵一阙宋词，

像涌动千年眷恋。

秋叶的猩红，

是给春的情书？

秋天的叶脉，

是给冬的梦魇？

让秋风把秋叶刮远，

岁月已把真情铭记；

别点火把秋风点燃，

生命不能化作炊烟；

让尘土把红叶掩埋，

衰老总将青春惦念。

捏着一叶秋天，

不用泪湿眼帘；

抚摸一叶秋风，

真情永驻心间；

凝望一叶猩红，

凝结新诗数篇。

2017 年 10 月 8 日
于瞻雨斋

樱花雨

也许是深深的依恋，

也许是浓浓的春愁

花朵盛开

依然不想走

风吹过来

依然想抖擞

却下起了樱花雨

落满了草地沟壑

也许是成熟的姿态

也许是少妇的温柔

情至深处

总魂不守舍

云飘过来

仍然有娇羞

却飘洒起漫天雪

亲吻着背影衣袖

也许是落花的无奈

也许是明年的等候

花开瞬间

总争奇斗艳

花谢时分

也缤纷执拗

让我仰卧樱花雨

迷醉中如饮美酒

2021 年 4 月 2 日

极目远眺，连绵的美景
沉入连绵的梦幻；
流连忘返，远离了尘世
走进仙境的闲暇。

山水游踪

北国行三首

鸣沙山

你有金字塔的壮观，
你有边塞诗的荒寒，
谁以金沙将你垒起？
谁以歌声将你呼唤？
狂风吹不矮，
雷电击不散，
几千年的巍然屹立，
几千载的辉煌灿烂。
那些千古风流随风飘散，
你却默默伫立庄重依然；
那些万载功业载入史册，
你却任人践踏襟怀超然。
当朝阳从你背后冉冉升起，
你迎接着每日的欢愉和喧闹；
当明月从你的胸前缓缓升空，
你呼唤着风云的静谧和幽蓝。
脱去鞋袜，登一登鸣沙山，
骋目远眺，望一望戈壁滩，
看月牙泉在沙漠里绘出月牙一弯，

238

望莫高窟在大漠间留下千年绝唱。

留下鞋底的沙砾，

留下大自然的亲昵。

梦中的夕阳，

将鸣沙山的影子拉长拉长，

还有驼铃的叮咚婉转……

月牙泉

掰碎一块圆月，

大漠里随意抛撒。

留下一弯新月，

鸣沙山千年佳话。

狂风席卷黄沙，

埋没不了翠玉无瑕；

驼铃远走天涯，

敲碎不了清泉月牙。

楼台亭阁不见仕女身影，

沙枣红柳却现壮士铠甲。

坐沙丘俯瞰清泉，

百媚千娇婀娜云霞；

别沙山回首暮色，

看相映成趣的两弯月牙。

天池

是翡翠墨绿的梦，
是美酒醇厚的歌。
雪峰对镜梳洗飘逸的白发，
云杉对月整理厚重的铠甲。
朝阳在碧池里沐浴，
白云在涟漪里潇洒。
蓝天如一池琼浆醇香，
天池像满天碧玉无瑕。
山泉铮铮，汇聚龙瀑飞泻，
绿草遍野，点缀点点野花。
极目远眺，连绵的美景
沉入连绵的梦幻；
流连忘返，远离了尘世
走进仙境的闲暇。

2014 年 6 月 14 日
于乌鲁木齐

净月潭漫步

在雨中，独自漫步

净月潭

在初秋，独自拥抱

净月潭

清凉的风，让我感受长春

的长春

清凉的雨，让我回眸盛夏

的酷暑

忙忙碌碌，糊糊涂涂

风风雨雨，争争夺夺

深深呼吸，洗洗我的肺

静静思考，清清我的路

在没有月的暮色里

在下着雨的黄昏中

不能看到净月

净净自己的肺腑

净净自己的思路

2015 年 8 月 21 日
于长春净月潭公园

狭猄湖古纤道

这是一个悠长的梦

悠长的纤道

小小的石桥

这是一个绮丽的歌

拉纤的歌谣

汗滴的古道

波光潋滟

映出纤夫的痛苦

风雨如磐

唱出情人的妖娆

麻石板上的脚印

是祖祖辈辈的思考

捕鱼船上的欢笑

是收获喜悦的回报

这条悠长的古纤道

是历史风云的缭绕

这条弯弯的石板道

是游客欢乐的写照

2016 年 2 月 10 于绍兴

游宜春禅博园随感

把庙堂的肃穆

化为禅博园的轻松漫步

把禅宗的故事

演绎雕塑群落的风趣

大铜钟的庄严撞响

让百草翩翩起舞

五叶坛顶拈花微笑

让金色照亮七级浮屠

八角广场亭阁威武

让禅宗在山水之间传布

走出禅博园

卸去了凡尘的焦虑糊涂

走出禅博园

让思绪在宜春群峰飞舞

2016 年 4 月 6 日于火车上

树抱石

从何时起

你伸长臂膀

将巨石拥抱

不管雨的思念

不管雾的烦恼

摆脱不了的痛苦

决然而然的妖娆

多年的纠缠

让石头也会心动

日夜的缠绕

让溪水也会思考

世界上没有这样

野蛮的纠缠

世界上没有这样

绝情的拥抱

2016 年 6 月 19 日
于瑞丽

小空山

也许是一时的冲动

留下这么大的窟窿

也许是激情的奔涌

留下难以弥补的美梦

野花在此绽开

蜂蝶在此相拥

围着小空山

的栈道漫步

伸手抓一朵

悠闲的白云

松涛在耳旁歌唱

红旗在眼前飘动

让爱的情谊盛满山谷

让情的牵念风起云涌

2016 年 6 月 20 日

于腾冲火山口

游览热海

你到底积聚了

多少热量

日夜在这里歌唱

你到底郁积了

多少怨恨

时刻在此地哀伤

淅淅沥沥迷迷茫茫

风风雨雨滚滚烫烫

没有见到海的浩瀚

只见到温泉的滚烫

没有见到星月彷徨

却见到炽热的心肠

走进温泉浴场

全身心都是舒畅

这里有

芦荟的清纯

玫瑰的芳香

当归的赤诚

咖啡的幽香

浑身被青山碧水宠爱

心魄为温泉热浪激荡

走出热海

心中奔涌阵阵芳香

回眸群山

灵魂烙上美丽歌唱

2016 年 6 月 20 日

于腾冲热海

殇园之思

曾经被历史遗忘的历史

在这里沉睡了半个世纪

他们为祖国捐躯

祖国却曾把他们忘记

他们以自己的血肉之身

构筑起抵抗倭寇的城墙

他们为了民族的危亡

奋不顾身鲜血淋漓

历史怎么能把他们忘记

层层叠叠的墓碑

并没有烈士的躯体

五彩斑斓的鲜花

寄寓崇高的敬意

竹林优雅古木蔽日

他们的灵魂现在在哪里

他们的精神浸透了大地

也许我们有太多的不满

也许我们有太多的失意

让我们在殇园漫步

将我们的肺腑洗涤

让我们在陵园哀悼

将我们的心灵清洗

在殇园里走走

还有什么积怨不能丢掉

在墓园前追忆

还有什么牢骚不能抛弃

愿烈士的英灵安息

愿腾冲的未来腾飞。

2016 年 6 月 22 日

于腾冲古镇

泡温泉

将疲惫的叹息

泡进温泉

将忙碌的奋斗

抛入热海

放松每一个细胞

纾缓紧绷的琴弦

看周边群山白云飘逸

闻四处野花香味绽开

让按摩的喷泉

按摩每一根神经

让不同的浴池

浸泡僵硬的脚踝

观美女的笑颜

和苗条的身材

谁在引吭高歌

引来高山云彩

走出热海

脱胎换骨

几乎成了一个小孩

走出热海

精神抖擞

留下热气腾腾怀念

2016 年 6 月 21 日
于腾冲热海

腾冲路途印象

飘洒的雨

如美女的裙摆

飘逸而来

升腾的雾

像山野的民谣

叮咚徘徊

丛山峻岭

在雨雾中沉思

山洞大桥

挽起沟壑山脉

在雨雾中疾驰

放眼四周苍翠景色

往芒市机场奔去

记下梦中美景的期待

2016 年 6 月 23 日
于芒市机场

UBC 玫瑰园的漫步

这里有最丰富的色彩

比得上最绚丽的朝霞

这里有最富意味的内涵

比得上最动人的情书

红玫瑰白玫瑰紫玫瑰

湛蓝大海湛蓝天空

让你的眼界豁然开朗

浓郁花香浓郁色彩

让你的心胸豁然开怀

当你在玫瑰园漫步

你会想到爱情缠绵

当你放眼碧海蓝天

你会联想生命短暂

无论你心中多么抑郁

花香让你日出云开

无论你人生多么坎坷

玫瑰让你笑逐颜开

2016 年 8 月 12 日于
温哥华 UBS 大学

维多利亚的梦

将海的蔚蓝与宁静

融入你古老的梦

将花的绮丽与芬芳

汇进你温馨的晨

也许是人生的邂逅

也许是千年的风尘

议会大厦的端庄

皇后宾馆的雍容

都写进马车辚辚的碧空

杂耍的千奇百怪

游客的前呼后拥

都谱进风尘滚滚的汹涌

251

酒醉了，总是厌倦

梦醒了，总是遗憾

就是帝王将相

也有千年的后悔

就是皇后公主

也有难醒的噩梦

漫步维多利亚

走进龙舟竞渡的远古

告别维多利亚

回到风云变幻的恢弘

2016 年 8 月 16 日
于北温的轮渡

威斯勒雪山的漫步

奥运会的热诚

仍然在山坡雪峰涌动

石头人的图腾

仍然在山顶伫立英雄

穿梭不停的缆车

把快乐友谊送上半空

跌宕腾挪的车队

把勇气侠情驰骋绮梦

登上山顶

连绵雪峰妖娆庄重

俯瞰山脚

翡翠湖泊点缀雍容

抓一朵白云

擦拭麻木的心灵

揽一株青松

掸去心胸的疲倦

让雪山的纯净

洗涤烦恼的烦怨

让碧波的无瑕

净化忧郁的陈梦

威斯勒雪峰的美丽

让我铭刻大自然的纯洁

威斯勒天空的湛蓝

让她写进月落后的美梦

2016 年 8 月 16 日
于温哥华

253

温哥华印象

林茂海蓝

日高风清

游艇如织划船忙

不摇蒲扇

不流热汗

七月流火风亦香

小岛如珠

雪峰如叟

骑车追逐竞疯狂

道路蜿蜒

五帆竞渡

长桥卧波丛林广

玫瑰绚烂

海滩悠长

人间悠闲梦亦香

2016 年 8 月 17 日
于温哥华渡轮

多芬诺印象

这是一个迷人的港湾
苍翠的小岛遥远的雪山
这是一个休闲的海滩
闲适的情侣活泼的伙伴
在此处出海观鲸
让大海的威武雄壮
写上鲸鱼的尾鳍惊叹
在此处下海划船
让青山的苍翠欲滴
倒映男女的笑声船桨
在此处飞上蓝天
让飞机的轰鸣翱翔
铭刻青春的回忆翅膀

在多芬诺小镇
喝一杯咖啡
让人生融入阵阵幽香
在太平洋海边
悠闲地徜徉
让岁月记住美妙时光
人生易老青山不老
日月起落友情长存

再回多芬诺小镇

让夜半梦里的涛声

浮起我遥远的梦幻

飞上湛蓝的天空

让青春绿色的渴望

写上我衰老的遐想

2016 年 8 月 18 日
于多芬诺小镇

多芬诺之梦

碧海青山梦悠长

海鸥声声唱

碧波如洗游客忙

花开红紫绛

一向敬业繁忙

无暇悠闲放眼望

而今异国他乡

小镇携手徜徉

斗胆飞上蓝天

俯瞰大好河山

人生得意须尽欢

迈步艰难腰伤

浊酒一杯细思量

余生规划看短长

饭后闲步河畔

一轮圆月不彷徨

2016 年 8 月 18 日
于多芬诺小镇

长空的翱翔

张开你宽阔的翅膀

我们登上水上飞机

在多芬诺的蓝天翱翔

天的碧蓝，海的碧蓝

看鲸鱼在大海中徜徉

岛如翡翠，浪像雪环

我们把大好河山俯瞰

张开你宽阔的胸腔

我们登上水上飞机

在多芬诺的海上翱翔

眼的驰骋，心的激扬

257

让精神在海天间张扬
林像墨染，浪如花放
人生要尽情放纵畅想

张开你无尽的遐想
我们登上水上飞机
在多芬诺的小镇翱翔
云的洁白，屋的鲜亮
让生活有别样的阳光
鬓已斑白，心仍昂扬
生命就应有光就发光。

2016 年 8 月 18 日
于赴温哥华海船上

鲑鱼的归乡

这是一种生命的执着
成熟是归乡的歌谣
成群结队蜂拥而上
逆流前行风雨无阻
向出生之地进发
无论激流险滩

无论漩涡路遥

归乡是决绝的号角

这是一种奋斗的呼号

孕育是归乡的骄傲

星夜兼程腾挪跳跃

拼尽全力不分昼夜

向生命归宿冲刺

无论骄阳曝晒

无论寒风呼啸

生育是最后的煎熬

这是一种动人的祈祷

坚强是精神的写照

无论生死无论悲笑

向上是生命的目标

月下鲑鱼在喘息

无论风雨如晦

无论歌哭如潮

生命是历史的照耀

2016 年 9 月 4 日于

加拿大机场

雨中行

雨丝在车窗上
描画股市的曲线
灰蒙蒙的城市
仍是周末的腼腆
小桥流水的江南
总是绿色的依恋
台风来临的预告
让鸟雀也躲在屋檐
去杭州的聚会
让秋色中的西湖
成为友情的承载
那柳丝的婀娜
那断桥的凄清
都笼罩着
绍酒的醇香
和醋鱼的酸甜

2016 年 10 月 22 日
于上海至杭州动车

趵突泉随感

是花豹在丛林中奔突？
是歌谣在蓝天下欢唱？
那玛瑙般的蔚蓝，
那翡翠般的畅想。
咕嘟咕嘟地涌动，
千年不变的明亮。
让泉城的泉
流遍大街小巷；
让生命的韵
搏动瓦屋山岗。
只要心还在跳动，
就把喷泉涌动；
只要歌还能唱响，
就把民谣欢唱。

2016 年 12 月 4 日
于济南西站

261

黑虎泉漫步

曾经是一头
威风凛凛的黑虎，
曾经在丛林
虎视眈眈地守候。
何时化身一股清泉？
何时酿成一坛美酒？
将坛坛罐罐装满，
把健健康康抖擞。
白石桥上
望白鹭翻飞蓝天；
解放塔上
看男女相拥欢歌。
掬一捧清泉，
沁甜流入心头；
让面容入镜，
疲惫驱逐脑后。
领袖让百姓欢笑，
世界将感恩刻心上；
领导让下属记仇，
空气也有血腥颤抖。
对人民如狼似虎的，
人民的口碑流传如歌；

对百姓甘为孺子牛，
恩情永远供在大家心头。

2016 年 12 月 4 日
于 G133 济南至上海列车

大明湖写意

在残荷的梦境里
畅想湖光山色的明丽
在鸟窝的枝桠上
呈现母子之间的情谊
一弯石桥上
谁在仰天狂吼
一座石塔前
谁在妖娆太极
超然塔前
抬头仰望
让思绪天马行空
湖心岛上
清茶一壶
让心情精鹜八极
在济南的冬阳里

寻觅前辈文人的足迹

在湖边的牌坊前

拍摄岁月流逝的美丽

2016 年 12 月 4 日

于 G133 济南至上海高铁

冰　雕

仿佛从夏季进入严冬

在济州岛进入一个梦

冰虎、冰象、冰龙

冰鹰、冰鹿、冰熊

晶莹剔透有水晶般透明

巧夺天工有工匠的彩虹

哆嗦着欣赏冰雕

颤抖着走出冰宫

如果人心像冰雕一样透明

就不会有勾心斗角

如果世界像冰雕一般冰冻

就不会有战火风云

2016 年 12 月 19 日

于济州岛冰雕馆

福冈的太阳

像海鸥的翱翔

福冈有了太阳

像百鸟的歌唱

福冈升起太阳

几天绵绵阴雨的淤积

变为日本岛国的歌唱

日本神社的端庄

记载日本沉浮的彷徨

博物馆满目琳琅

演绎唐朝盛世的辉煌

不再拥挤在购物人群中

让我们在空旷处歌唱

不再徘徊在街头上流浪

让我们自由自在畅想

福冈的太阳，让我为你歌唱

福冈的太阳，像海鸥般翱翔

2016 年 12 月 20 日

于天海邮轮

槟城雷雨之夜

夜半被雷声惊醒
窗外闪电撕破夜幕
狂风怒吼狰狞
树丛像疯妇长发凛凛
海浪与风雨纠缠不清
只有山崖上的灯塔
仍然睁着警惕的眼睛

白日的炎热与温顺
去了哪里
白日的娇羞与妩媚
变成狰狞
如同待嫁的新娘
变成了骂街的泼妇
如同按摩的小姐
变成了老鸨的荒淫

槟城雷雨之夜
如此不可理喻
槟城雷雨之夜
让人动魄惊心
风雨扑打着窗棂

266

闪电照亮了房顶
想冲下楼梯伫立海滩
让风雨洗涤疲惫的心灵
想扑进夜色面对雷电
让自我解脱禁锢的神经

2017 年 6 月 4 日
于槟城机场候机处

槟城之恋

在海滩袒露胸肌
也袒露心底的秘密
在泳池袒露思绪
也袒露榴莲的香味
孙中山当年的避难
成为民族的记忆
炒粿条袅袅的香气
成为海岛的魅力
槟城像少妇般美丽
让男人们遐想迷离
槟城如春雨样绮丽
让女人们妖娆神奇

是岛国的魅力

让游客神魂颠倒

是海浪的催逼

使恋情吐露心扉

槟城如此的神奇

让人流连忘返

槟城如此的鬼魅

让人魂留在此地

2017 年 6 月 3 日
于南洋娘惹

参观蒲松龄故居有感

屡试不第灰心丧气，

粉碎的是官宦的梦想，

在秋月下哀声长叹；

执鞭教坛苟延残喘，

孕育的是作家的幻想，

在聊斋里驰骋疯狂。

鬼魅精灵情爱感伤，

怨女痴男衙门豪强。

将郁积情愫宣泄，

让培育花蕾绽放。
狐仙鬼魂真性情，
阔人官宦假善良。
在鬼蜮里神魂颠倒，
在现实中凄切彷徨。
一盏油灯陪伴你，
岁月漫长；
一支毛笔倾吐你，
牢骚衷肠。
几百顶官帽，
抵不了几本聊斋故事；
几千个豪强，
强不过一支生花秃笔。
蒲松龄
胜过多少精兵强将；
说聊斋
演绎多少美梦黄粱。

2017 年 11 月 17 日
淄博至上海高铁

269

夜游未名湖

你因未名而有名

我由乐天而知命

清冷冷，一镰月牙

巍巍然，一座砖塔

绕湖漫步

寻觅陈独秀、李大钊的足迹

望塔兴叹

聆听蔡元培、周作人的歌赋

湖心的冰层下

是否涌动历史的回声

湖畔的钟亭里

是否回荡五四的钟鼓

有人说

诗人都藏在水底

我说好诗都涌出心湖

有人说

灵魂都是一条鱼

我说精灵都难得糊涂

夜游未名湖

不愿名垂千秋

回眸博雅塔

但愿风雨无阻

2017 年 11 月 24 日

于北京大学勺园 6403 室

澳门之思

妈祖的祈祷

告诉我昨天的悲号

赌场的欢笑

其实是破产的警告

灯红酒绿

将是梦醒的焦躁

牌坊静默

那是灰烬的思考

流逝的岁月

白发在海风里飘飘

欢乐的聚会

离别总有凄切萧条

再见了 Makau

再见了澳门的思考

2017 年 12 月 2 日

于澳门码头

赫尔辛基伴侣岛

是否是爱情的见证
伴侣相伴直到老
是否是自然的馈赠
仲夏篝火伴侣岛
木屋、农舍、小教堂
婚礼、音乐、跳舞蹈
母天鹅带幼天鹅觅食
母爱的温馨呈妖娆
老木桥伴蓝天与碧水
自然的美丽如画描
在总统行宫前歇脚
在幽静安详里逍遥
在老木屋门坎上留影
像在自家门口欢笑
与古农装村妇去合影
拂去世界纷争烦恼
潇洒漫步伴侣岛
梦里重回伴侣岛

2018 年 7 月 19 日
于赫尔辛基

维格兰雕塑公园

将人生的坎坷与思考

融汇成近两百座雕塑

把生命的记忆与苦恼

雕塑成奥斯陆的妖娆

从孩提到婚恋

从生育到衰老

用裸体把人生历程叙说

用真情将生命哲理絮叨

愤怒的男孩

咬牙切齿的狂躁

伫立的生死柱

争攀天堂的焦躁

生命短暂岁月无垠

伫立雕像前没有了欢笑

人生如梦艺术永恒

雕塑公园里凝聚着思考

2018 年 7 月 22 日
奥斯陆至松恩峡湾途中

273

波罗地海的女儿

你伫立在此地百余年
焕发出芬兰的妖娆
你有多么妩媚的线条
激起了男性的焦躁
你被四座海狮环绕
你被四条喷泉淋浇
美人鱼的美称
已成为历史的余韵
阿曼达的名号
已成为芬兰的骄傲
沃格伦的创作
留下了绝世的美丽
总统府前的雕塑
迎来了千秋的离骚

2018 年 7 月 23 日
奥斯陆至松恩峡湾途中

274

芬兰堡之行

这是保卫祖国的骄傲
设置了众多巨炮
这是不把别国去依靠
挺直了自主蛮腰
瑞典炮兵军官的设计
成为世界遗产的城堡
抵御外来的入侵
需要和谈也需枪炮
压制国内的革命
建成了监狱和囚牢
而今教堂和军营仍在
婚礼和派对逍遥
而今炮台和城堡伫立
游船和游客远眺
结束了战争和硝烟
清香的啤酒当地造
留下了要塞和名声
帝王门上镌刻忠告
凭实力站在城堡
别把外国人依靠

2018 年 7 月 22 日
于奥斯陆至松恩峡湾途中

松恩峡湾游

也许见过了三峡的壮阔

也许见过了阳朔的绮丽

置身松恩峡湾的游轮

激不起任何的惊讶

徜徉游轮宽大的甲板

扬不起任何的激动

那平和温婉的山峰

那清澈如玉的海水

就像在家门口

就如在屋背后

只有那随船翻飞的海鸥

唱着动人的歌

只有那白色银箭的亮色

带来了游程的欢乐

只有那甲板忘情的歌喉

酿成了旅途的美酒

2018 年 7 月 23 日
于松恩峡湾赴哈当厄尔峡湾途中

哈当厄尔峡湾行

将青山的倒影

写在碧水的梦幻

将雾岚的迷离

绘上蓝天的桂冠

游轮在大海徜徉

海鸥在甲板狂欢

海滩上红色木屋

在森林里掩映

山崖上潺潺溪流

在阳光下闪光

山顶上千年积雪

白色让山妖斑斓

屋舍边丛丛柳兰

紫色让游客惊叹

游船到大桥缓缓往返

心灵仍海湾频频顾盼

2018 年 7 月 23 日
于哈当厄尔峡湾赴奥斯陆途中

小美人鱼雕像

你静静地在海边坐着
向游客把故事述说
你苗条地在丹麦沉默
让世界把美丽传播

蔚蓝色的大海
是你精灵的传说
安徒生的故事
是你精神的浪波

朴实褐色的石头
是你永远的宝座
雪白漂浮的云彩
是你美丽的衬托

名闻遐迩让你游客不断
年轻婀娜让你永不蹉跎
看对面那尊沐浴雕塑
给了他无比的寂寞
看小美人鱼前的喧哗
留下了风云的焦灼

2018 年 7 月 24 日
于哥本哈根

安徒生雕像前的思索

你宽大的额头
藏着童话故事许多许多
你挺直的鼻梁
呈现美丽世界累累硕果
你将毕生献给了文学
成为世界儿童文学的太阳
你将幸福献给了孩子
成为哥本哈根美丽的传说
家境穷困落魄
你努力奋斗绝不蹉跎
丑小鸭总不断拼搏
父亲早逝母改嫁
你只身闯荡投身创作
海的女儿美丽传说
卖火柴的小女孩
将怜悯同情之心拨动
皇帝的新装
把虚伪逢迎之恶揭露
你用善良将罪人救赎
你用真情把美丽爱慕
虽然你终身未娶
伴随着孤独和寂寞

但是你永远欢乐

讴歌着博爱与执着

你静静地坐在此地

成为丹麦的象征

你悄悄地眺望世界

童话在全球传播

2018 年 7 月 26 日

于哥本哈根赴斯德哥尔摩途中

丹麦玫瑰堡宫行

这是三代帝王的行宫

玫瑰色的小楼

塔楼高耸

这是寻欢作乐的皇宫

荷枪士兵把守

宝藏无穷

金银珠宝琳琅满目

象牙钻石华贵雍容

皇冠光彩熠熠

画幅摩肩接踵

宝座前银狮威风凛凛

大厅里壁画满目雄风

权柄在握天下唯我独尊

大权旁落人生从此沦落

皇宫中浪漫君主

演绎诗人的华美创作

医师的大权独揽

上演爱情的悲剧传说

无论多么潇洒多么残酷

岁月总将光华洗净

无论多么华贵多么骄奢

历史总会真实诉说

2018 年 7 月 26 日

赴斯德哥尔摩途中

斯德哥尔摩的漫步

这是千年的古都
我们在这里悠闲漫步
这是世界的关注
我们在这里聚会骋目
皇宫前的换岗仪式
管弦乐队齐整威武

281

外婆饭店落座聚餐

回锅肉香米饭饱肚

蔚蓝色海水倒映教堂无数

高耸的塔尖存载故事许多

老街漫步是历史的回溯

新街浏览是生活的漩涡

旅游是从自己住厌的地方

到别人腻烦的地方的巡逻

漫步是在漫不经心之中

突然发现美景美女的诱惑

2018 年 7 月 27 日于

斯德哥尔摩码头

在颁诺贝尔奖的地方

这里是颁诺贝尔奖的地方

门口却有花卉市场

这里是世界瞩目的地方

平时却也冷落彷徨

裸体的男子雕像

拨动宇宙的心跳

华丽美艳的衣裳

记录明星的光芒

世界有暗淡也有辉煌

人生有奋斗也有忧伤

站在这领奖台上

就铸就了人生的辉煌

走下这领奖台后

也许留下终身的遗憾

获奖的并非永远幸福

落选的并非永远悲伤

平平淡淡也许就是真相

轰轰烈烈也许就是奢望

人生其实十分短暂

活出自己别管别人怎么说

生命其实必须坚强

做喜欢的事别管身后贬与奖

2018 年 7 月 27 日于海船上

岩石教堂的杰作

在山岩中开拓窟窿

盖上一大大的天穹

管风琴在这里奏响

心灵就在这里放松

让蓝天漏进白云

让上帝抚慰民众

摸一摸厚重的石头

创意留下思考无穷

听一听传道的训导

人生没有无尽烦恼

独创总让盛名远播

守旧总会戴上镣铐

走出教堂云清天高

回眸人生遗憾很少

2018 年 7 月 28 日
于赫尔辛基

我想站成北极的一棵树

我想站成北极的一棵树

让大雪给我雪白的衣裳

看麋鹿在我身边徜徉

让雪山成为我的眠床

我想站成北极的一棵树

284

看北极光在头顶闪光
望海豹在我身边摇摆
让星星成为我的玩伴

我想站成北极的一棵树
看独木舟在海中滑翔
让胡须都挂满了冰渣
欣赏爱斯基摩的姑娘

我想站成北极的一棵树
忘却人间的焦虑忧伤
让世界如此纯洁明净
看自己变得透明欢畅

2018 年 7 月 29 日
于北极光展览馆

北欧游览随感

柳兰之歌

你是一首紫色的歌

漫山遍野是你的引诱

绿草是你的底色

牛羊是你的陪衬

白云是你的枕头

蓝天是你的抖擞

你在海边绽开

让海鸥为你放歌

你在古堡摇曳

让历史为你忧愁

柳兰，你是一首紫色的歌

唱遍东欧，唱遍北欧

铃兰之歌

叮当，叮当

你总把白色的铃铛摇响

你像穿着婚纱的新娘

你象征着处女的纯洁

你融汇了少女的理想

叮当，叮当

你总把幸福的铃铛摇响

你总有四溢的清香

你是芬兰国花雄壮

你总笑迎清晨太阳

286

叮当，叮当
你常把梦幻的铃铛摇响
你说幸福需要耕耘
你说人生需要坚强
你总笑别深秋月亮

北极光的畅想

你是北极圈华彩光芒
来无踪去无影
描绘出雪国的忧伤
你是狐狸尾扫出雪光
雪腾空雾迷茫
展现出逝者的创伤
你是幽灵受伤的血迹
神显身奔天堂
灵魂欢乐奔向远方
我躺在博物馆
望着顶上虚拟的北极光
却慢慢沉入了梦乡

2018 年 7 月 29 日
于拉普兰至赫尔辛基列车

走进洪雅县柳江古镇

用柳江的清溪，
洗涤我风尘仆仆的双脚；
用古镇的榕树，
拨动我兴高采烈的欢笑。
老街是老屋的逍遥，
有多少百年老字号。
万岁凉粉让人惊叹，
怀旧影院岁月缠绕。
古镇是一阙古词，
吟诵着历史厚重的妖娆；
古镇是一曲雅乐，
将世间的爱恨情仇轻敲。

用明澈的双眸，
看不够千年古镇的风骚；
以老迈的两脚，
走过了藤蔓缠绕的廊桥。
曾家园柳江的骄傲，
四大家族洪雅炫耀。
古戏台放歌音缭绕，
里棠楼用餐品佳肴。
古镇是一架古筝，

拨动着文化的余韵袅袅；
古镇是一只旧砚，
书写下民族的辉煌多少。

以激情的画笔，
难描绘柳江古镇的美丽；
用欢快的歌喉，
唱不尽楼台亭阁的紫箫。
百年古榕长须冉冉，
地方风味冰粉凉糕。
走石墩桥心惊胆颤，
打水仗眉开眼笑。
古镇是一位老翁，
说不完古镇的陈年旧事；
古镇是一艘老船，
驶进新时代的青春年少。

2018 年 8 月 28 日
于成都至上海航班

旅居到高家庄聚宴

这好像是梦里的仙境，

这好像是天上的人间。
客厅的聚宴，
把星星摆上餐桌；
草地的漫步，
让纱巾飘向云间。
啮草的母牛黑白相间，
如此悠闲；
蓝天的白云飘动翩跹，
这般洁白。
唱一曲民歌，
让美丽写入你我心田。

这好像是旅居的经典，
这好像是岁月的变迁。
浓汤的美味，
把真情融入锅中；
美酒的甘甜，
把真诚涌出心间。
橙色的柑橘硕果累累，
如此丰硕；
绚烂的花朵争奇斗艳，
这般鲜艳。
拍一张照片，
把友情摄入今天明天。

2018 年 9 月 17 日于奥克兰

夜，漫步大雁塔

灯光璀璨

打造盛唐气象

摩肩接踵

喷泉音乐疯狂

彩柱高耸

雕塑凝聚辉煌

唯有大雁塔素朴

大雁不敢落脚的地方

独来独往

追觅历史华章

迷惘彷徨

何处钟鼎悠扬

文化传统

倡导后人传唱

唯有唢呐在嘹亮

黄土窑信天游仍回荡

夜月花香

斗拱飞檐闪亮

夜空灯光

挖掘机在震响

塔影流光

谁的舞姿流畅

喷泉停息

游人们你呼我唤

大雁塔之夜溢彩流光

2018 年 10 月 19 日

于陕西师范大学

赛德莱兹人骨教堂

万具尸骨

装点着教堂

拱门祭台

都有颅骨的装饰

门楣烛台

都有头骨的欢唱

最奇特的是

悬挂穹顶的吊灯

腿骨作主架

颚骨为挂帘

头颅为烛台

当吊灯点亮时

当赞美诗唱响

毛骨悚然

肃然起敬

把一切献给上帝

不会再害怕死亡

走进人骨教堂

如走进了梦幻

屏声静气

一个个头颅

黑洞洞的眼眶

诡秘地对我张望

或者你生前

家产万贯

或者她过去

美艳异常

而今你们都静静的

十分安详

这里是你们的天堂

无论过去是否

情意绵绵

无论那时是否

厮杀受伤

而今你们都

沐浴上帝的阳光

而今你们都
聆听教徒的歌唱
成为你们中一个
或许是他们的愿望
走进人骨的教堂
或许是众人的理想

2019 年 9 月 1 日
观华纯拍摄照片而作

越秀之秋

秋日的阳光
照在鲁迅的故乡
秋日的水乡
听乌篷船的歌唱
移民回归
让秋风不再凄凉
文学吟咏
让酒杯倒映月亮
绍兴，美的是水
越秀，秀的是光
已听不到祥林嫂的唠叨

已不见了孔乙己的哀伤

阔别的拥抱

拥抱大洋彼岸的友情

满脸的笑意

洋溢华文文学的辉煌

2019 年 11 月 2 日

于浙江越秀外国语学院

黄酒小镇行

到处都有酒香

古桥记录岁月悠长

水面倒映老屋

楼头探出秀丽姑娘

昌王庙袅袅香烟

洋龙局满目沧桑

乌篷船乌毡帽水面荡漾

老伯伯老妈妈悠闲徜徉

尝几盅黄酒满口余香

听几阙越剧余韵长长

走进黄酒小镇

走进美酒的故乡

走出黄酒小镇

走不出美的梦乡

2019 年 11 月 4 日

于绍兴

夜走苏州平江路

灯影幢幢

水影朦胧

夜走平江路

有旗袍的妖娆

有丝绸的雍容

石桥的历史千年

小巷的故事传颂

夜色中好像看到

赛金花的背影晃动

人影里似乎听见

顾颉刚的怒吼激动

戴望舒的雨巷

就在丁香巷诞生

黄丕烈的书痴

就在悬桥巷萌动

夜的平江路

蕴藏着多少历史故事

平江路的夜

说不尽多少春夏秋冬

携妻漫步平江路之夜

让激情在内心涌动

携手徜徉夜的平江路

让青春滚烫翻滚胸中

2019 年 11 月 8 日
于苏州德姆花园酒店

登苏州天平山

枫叶红了的时候

我登临天平山

秋高气爽的时候

我踟蹰白云泉

枫叶的倒影

在荷塘里姹紫嫣红

山石的嶙峋

在蓝天下狰狞高耸

白居易的诗句

在一线天盘绕

唐伯虎的倜傥

在飞来石雍容

范仲淹的名句

在望枫台涌动

左盘右转热汗岑岑

我登临顶峰

极目远眺满目风云

我豪气满胸

太湖浩瀚烟波浩渺

万笏朝天山石嶙峋

层林尽染枫叶彤红

风流皇帝就数乾隆

虽然已是奔七老翁

登攀石梯手脚并用

虽然已是牙齿松动

登上山顶依然英雄

2019 年 11 月 9 日

霸下前的思绪

古代驮石碑像龟的动物，原名霸下，是长寿和吉祥的象征，据说是龙王九太子之一，触摸可带来福气。上古时期霸下常驮着三山五岳兴风作浪，大禹治水时收服了它，后让它驮刻有其治水功绩的石碑。曲阜尼山书院里，有一石雕霸下静静卧在墙角。

你曾兴风作浪不可一世，
现在却静静地龟缩墙角。
你曾歌功颂德苦驮御碑，
现在却默默地寂寞冷落。
你曾那么霸气，
喝令三山五岳开道；
你曾那么专横，
将相王侯作揖脱帽。
荣华富贵总会过去，
坚贞不屈才有自豪。

你曾历经沧桑坚实古老，
现在却悄悄地饮泣哀嚎。
你曾灵禽祥兽狂妄自傲，
现在却轻轻地叹息焦躁。
你曾那么傲慢，

蔑视小民百姓祈祷；
你曾那么服膺，
跟随大禹任怨任劳。
辉煌名望终究不长，
独立品格才能逍遥。

2020 年 12 月 20 日
于曲阜

樱花时节到顾村

昨夜风雨飘洒
今晨梦醒天涯
向往着顾村的樱花
那压满枝头的雪花
向往着顾村的诗歌
那充满乡土的枝桠
没有诗歌的时代
是痛苦的岁月
像老牛埋头耕耘
吟诵诗歌的时光
是幸福的生活
像红旗飘扬蓝天

樱花年年的盛开

催生着诗歌生根发芽

樱花岁岁的落英

酝酿着生命英姿勃发

诗歌来源于真情

像装点顾村的樱花

诗歌倾诉着心音

像升腾黎明的云霞

2021 年 4 月 2 日
于顾村诗乡广场

虽然你我都已经

两鬓斑白

但是你我都仍然

精神抖擞

两手握在一起

真情如春潭一样幽深

酒杯碰在一处

相对像田野喜获丰收

聚会情深

聚会情怀

已经是两鬓斑白
的思念
凝聚成同窗聚会
的情怀
已经是孙儿绕膝
的温爱
演绎为久别重逢
的期待
都已经是耄耋老人
却快乐得像小孩
都已经是爷爷奶奶
却活泼得如中彩
阔别的老同学
来一个拥抱吧
不必有任何忸怩
相思的老情人
喝一个交杯酒吧
不必算任何情债
岁月匆匆
我望望你
皱纹已爬上额头
日月如梭

你看看我

满头青丝已全白

回想同窗的时候

诗词歌赋青春情怀

回眸毕业的时刻

互赠诗歌满怀眷恋

白驹过隙啊

毕业已经卅七载

风雨如磐啊

相思河里充满爱

让我们斟满酒杯吧

让我们放开歌喉吧

古人云：

人生得意须尽欢

莫使金樽空对月

而今说：

相逢举杯回眸处

青春岁月乐开怀

幸福就在我们身边

快乐就在我们心间

让我们把脚步迈开

去领略奇山异水瀑布大海

让我们把思绪放远

去畅想拄拐杖聚会的那天

放松心态，放松情怀

欢乐总眷顾我们这一代

满杯畅饮，吃点小菜

激情洋溢大步流星向未来

2015 年 10 月 2 日

黄浦江畔的聚会

也许是迟到的聚会

也许是命运的意味

匆匆的离别

像秋叶告别绿枝

匆匆的聚会

像昙花一现芳菲

望外滩的夜色多美

看眼前的同窗玫瑰

游船在江心游弋

将波光倒影剪碎

酒杯在手中频举

把笑声饮入心扉

回眸求学年代的青涩

单相思暗咽的眼泪

痴望阔别多年的成熟

痴情人笑意的伤悲

你的向往你的苦痛

已经化为记忆的云烟

我的拼搏我的奋斗

已经成为书中三昧

当酒宴散去灯红酒绿

地铁里仍然将往事咀嚼

当人影远去泪眼迷离

睡梦中仍然向青春翻飞

2015 年 10 月 9 日夜

建华回沪，邀请从澳大利亚返沪的蔡培勤聚会，在浦东陆家嘴正大广场九楼的小南国酒家，卢国荣、应秀丽、彭远海、王素珍、郑惠美、章建华出席，我在静安寺开会，晚饭后赶去。

佛山的雨

佛山的雨绸缪

淅淅沥沥

如一首真情的歌

佛山的雨悠久

点点滴滴

像一杯纯情的酒

虽然你我都已经

两鬓斑白

但是你我都仍然

精神抖擞

两手握在一起

真情如春潭一样幽深

酒杯碰在一处

相对像田野喜获丰收

人生总有真情在

无论是否聚首

有缘千里来相会

无论是否有酒

真情总是一段

说不完的故事

真情总是一首

唱不完的老歌

2015 年 12 月 5 日
于广州白云机场

打油诗记同窗聚会

——并谢吴辉同学

元旦过后聚会好，
相聚华彩热情高。
男女搭配正正好，
六男六女如生肖。
话不投机半句多，
酒逢知己千杯少。
忆旧道今同窗情，
不称教授和领导。
能喝白酒喝白酒，
要喝啤酒自己倒。
又说当年洗手绢，
洁癖总是改不了。
再说当年当领导，
高楼大厦一手造。
且说卅年同学会，
泪流满面相拥抱。
说起麻衣相法来，
理论一套又一套。
算走张三与李四，
又说某某命不好。
大家酒足饭已饱，

节目表演又来了。
富婆越剧有腔调，
高唱母爱是志高。
夫妻双双把家还，
同窗搭档少不了。
合影都把照片照，
不管男女都搂抱。
老卢酒醉话语多，
说完发音说眉毛。
人生难得几回聚，
同窗情谊乐陶陶。

2016 年元月 2 日

知青闹元宵

这是一种别样的热闹
这是一种青春的宣告
无论是茉莉花的清纯
还是那黑土地的妖娆
无论时装表演的优雅
还是民族舞蹈的热闹
放开嗓门，摆出身段

我们知青啊

依然激情洋溢

我们知青啊

依然青春年少

知青闹元宵

要的是一种团聚

知青闹元宵

求的是一种欢笑

无论是爷爷奶奶

无论是姥爷姥姥

唱起歌谣

我们仍然风华正茂

跳起舞蹈

我们仍然欢乐逍遥

远去了那苦难的岁月

远去了那人生的煎熬

苦难也是一种历练

坎坷也是一种骄傲

把手掌拍红了

把嗓门喊哑了

这是我们知青的节日

这是我们知青的逍遥

知青闹元宵

越闹越团结

知青闹元宵

越闹越年少

2016 年 2 月 21 日
于同济大学礼堂

再聚温哥华

总难忘温哥华的温馨
总难忘文更中心的温情
再聚温哥华
总是内心的一个梦境
再聚温哥华
总是梦里的一种真情

海水还是这样的湛蓝
花儿还是这样的缤纷
我与你相拥
笑容仍然这样熟悉
你的头发白了多少根
我的眼角增加了皱纹
对于中国文化的骄傲
依然这样执着坚定
对于文化中国的推崇

依然这样赤胆忠诚

熬过了时差的颠倒
到玫瑰园散步
让花香渗透每一根神经
到五帆畔望海
让思绪飞上每一颗晨星
在清新空气中洗洗肺
在绮丽景色中理理情
再聚温哥华
让我们的心态更加年轻
再聚温哥华
让我们的友谊更加真诚

2016 年 8 月 12 日
于温哥华哥伦比亚大学

衡园聚会小记

把柳丝的春意
把桃花的含苞
带到衡园的聚会
让忽如归的浪涛

依然在心间缭绕

让曼哈顿的女人

依旧在身边妖娆

让婶婶出轨故事

依稀在白发萦绕

虽然仍然春寒料峭

但是讴歌春天美好

虽然两鬓早已斑白

但是怀念青春年少

友情真好，生活真好

放下心中的烦恼

沪文汇汇集文学的美好

放下心底的焦躁

沪文汇汇集春天的美妙

2017 年 3 月 20 日

于回上海师范大学途中

与会吉隆坡随感

忙里偷闲吉隆坡

一带一路石榴红

双塔撑蓝天

行旅世界梦

无风无雨情谊浓

有酒有茶觅春风

历史深处回眸丝绸路

京城聚会瞻望中国梦

千里行程始于脚下

万年辉煌驼铃叮咚

世界和平蓝天白云

社会文明人类大同

2017 年 6 月 1 日
于吉隆坡国际会议

外滩五号之夜

夜外滩的绮丽

是一盘美味的大菜

鹅肝与烤乳猪

就着美酒滋润胸怀

灯红酒绿

欢乐无限

友谊连着京派海派

文学牵着纽约上海

酒逢知己

放纵开怀

让我们在国旗下放歌

让我们在外滩前抒怀

东方明珠霓虹

让外滩多姿多彩

中心大厦妖娆

让剑锋插入蓝天

银发老翁精神矍铄

中国女人激情澎湃

想掩饰的不再掩饰

能表白的即刻表白

外滩就洋溢着情

人生就充满了爱

2017 年 10 月 23 日

周励在外滩五号宴请，出席者陆士清、白舒荣、王威、顾月华夫妇、张执任夫妇、王威、卢新华、杨剑龙、朱蕊。

经典与阐释

将明月在夜色里淘洗，

让月色在马蹄踏踏里逍遥；

催晨曦在霞光中歌唱，

让红日在波光粼粼中妖娆。

炊烟袅袅，

谁在庙堂里念经，

木鱼轻敲；

霞光缕缕，

谁在小河旁涮洗，

笑声缭绕。

时光是一条悠长悠长的隧道，

记忆如风拂柳花吻草，

空间是一座金碧辉煌的长桥。

总希望躺在蓝天下白云上，

捧着一部经典，

让岁月的摇篮

摇呵摇；

总想像

坐在碧波上小舟里，

唱着一首歌谣，

让文学的情思

飘呵飘……

2017 年 11 月 2 日

于上海师范大学外宾楼 101 室

南怡岛之恋

爱情应该如此洁白
白雪把大地覆盖
晶莹剔透冰凌世界
雪松是岛国风采
有真情才有真爱
虚伪总难以掩盖
一道彩虹跨在雪原

静静地把陵墓凭吊
肃穆穆苍松翠柏
南怡将军威震四海
百姓是口碑传代
有建树才有爱戴
暴政总制造悲哀
一声哀叹回荡雪原

说南怡岛适合恋爱
寒冷中涌动期待
年事虽高两鬓斑白
青春仍热情满怀
能坦诚才能被爱
襟怀坦荡像碧海

一阵朗笑感动雪原

2017 年 12 月 16 日
于玉山家地板上

在鲁迅演讲过的地方

这里曾经是

鲁迅演讲过的地方，

好像还能听见

鲁迅的笑声朗朗；

这里曾经是

左翼青年聚会的地方，

好像还能看见

青年的血气方刚。

在这里举办沙龙，

学者们济济一堂，

谈论历史讨论文学；

在这里围桌会晤，

朋友们轻松漫谈，

回眸左联观照文坛。

虹口是有文化底蕴的地方；

左联是文学发展的大方向。

让红色的文化发扬光大，
让左联的精神传承弘扬。
在左联纪念馆
举办多伦文艺沙龙，
在多伦路旧居
谈论当代文化辉煌。
听得到鲁迅的笑声朗朗，
看得见青年的话语激昂。

2018 年 4 月 21 日
于左联纪念馆

聚会的幸福

虽然我们都已两鬓斑白
虽然我们都是爷爷奶奶
只要我们聚在一起
我们的青春就回来
只要我们端起酒杯
我们就会焕发神采
同学聚会就回到那个年代
同学聚会就回想大学时代

我们曾经是被荒废的一代
我们的青春发配
乡村山寨
我们曾经是很发奋的一代
我们努力学习
书山学海
我们努力把被耽搁的
时光追回
我们执着让被虚掷的
青春回来

我们只有追求没有忏悔
我们只有希望没有悲哀
过去的就让它过去
未来的还在它未来
保持健康保持心态
想唱就唱想嗨就嗨
让我们举起酒杯
庆祝我们的相聚
让我们激情满怀
庆贺我们的时代

无论你的官衔多大
无论你的学问如海
同学坐在一起

仍然是无拘无束

同学聚会畅谈

仍然是五湖四海

无论走到天涯海角

只要是同学

就有离不开的情怀

无论阔别千年万载

只要是同学

就有割不断的情缘

2018 年 6 月 23 日
作于龙华花园酒楼
二十三位同学聚会后

雨中，在泰廊酒店

饭后，吃甜点的时候

下雨了，雨下在睡莲上

下在绿塘里，如下在心间

我们快乐地聊天

聊聊去年的夏日

聊聊纽约的休闲

饭后，品红茶的时候

下雨了，雨下在公园里

下在伞盖上，像下在梦里

我们惬意地攀谈

谈谈共同的朋友

谈谈沪上的夏天

人生就是如此简单

有的朋友如过眼云烟

生活就是如此复杂

有的交往或者永远

雨中的景色

总有小资情调缠缠绵绵

雨后的色彩

总有夏风醺醺昏昏欲眠

泰廊的午餐

友谊比菜味更浓

聚餐的雨后

真情朴素永远永远

2018 年 7 月 4 日

于静安公园泰廊酒店

浔阳江畔的聚会

烟水亭啊烟云缭绕，
告别了四十年前的青春年少；
浔阳楼啊独领风骚，
汇聚成四十年后的热情拥抱。
人生最珍贵的情谊，
莫过于同窗和母校；
世间最永久的记忆，
总是老师们的教导。
一日为师终身为父，
我们总记得课堂的余韵袅袅。
日月如梭白驹过隙，
我们总难忘红场的国旗飘飘。
不吟"浔阳江头夜送客"，
唱一曲风景这边就独好。

琵琶亭啊夜月波涛，
看看你我的白发添了多少；
天花宫啊宫立湖绕，
谈谈你我的儿孙生活多好。
同学是最美的称号，
无论你的职位多高。
师生是最佳的关系，

324

无论你的学问多好。
说出来吧暗藏的恋情，
别让它在肚子里长久地发酵。
唱出来吧珍藏的情歌，
到如今该唱就唱该跳就跳。
不吟"已叹天涯涕泫然"，
唱一阙酒逢知己千杯少。

锁江楼啊风雅微妙，
算算你我的岁月还有多少，
能仁寺啊佛光普照，
看看你我的腿脚是否还好。
桃花源里桃花已谢，
浔阳江头琵琶已消。
各地走走迈开腿脚，
多多联系说说笑笑。
不必有怨言和牢骚，
让我们畅快如长江滔滔。
不必有悔恨与内疚，
秋天过了冬天依然很好。
不吟"美景一时观不尽"，
唱一段春花秋月何时了，往事知多少！

2018 年 10 月 18 日
于高铁上

菲律宾行随感

文学是一杯酒
让我们永远喝不够
华人是一家亲
让我们相见如老友
马尼拉湾的海风
激动着我们这些远方来客
菲中友好的传统
让我们齐心协力风雨同舟

文学是一曲歌
让我们永远唱不够
汉语是一首诗
让我们写下千万首
马尼拉湾的椰林
晚霞落日永远烙在心头
菲华历史的风云
让我在纪念碑前很久很久

文学是一朵云
永远飘在你我心头
国旗是一片红
总让我们精神抖擞

让我们举起酒杯

祝友谊永远地长天久

让我们紧紧握手

让菲中友好永久永久

2019 年 9 月 5 日

外滩聚首为您祝寿
——致敬陆士清先生

当霓虹在外滩闪亮的时候，

我们兴高采烈地聚首，

为您庆祝米寿！

您兢兢业业笔韵血脉情缘，

解读曾敏之、白先勇、王祯和……

您为中国当代文学史奠基，

您为台湾文学研究铺路。

您总有新视野新开拓，

您是享誉文学研究界的歌手！

当星星在夜空闪耀的时候，

我们热情洋溢地聚首，

为您庆祝米寿！

您孜孜不倦探索文学星空，

品读聂华苓、秦岭雪、陈浩泉……

您情动江海啊心托明月，

您编织传统与现代锦绣。

您倾力为之毫无愧疚，

您书写文学研究的冬夏春秋！

当汽笛在浦江回荡的时候，

我们满怀敬意地聚首，

为您庆祝米寿！

您平易近人结交世界朋友，

走过东南亚、欧洲、美洲……

您品世纪精彩交文坛朋友

您做一个认真生活的平凡人。

您将心力感情献给了这份事业，

真诚祝福您健康快乐长寿！

2021 年 1 月 18 日

于瞻雨斋

在有温度的躯体下
是一颗炽热心脏
的跳动
像太阳升起光潮
的奔涌

致友朋

薰衣草的魅力

——致小华

依然记得薰衣草的田野

紫色的魅力

紫色的记忆

依然记得吉隆坡的美丽

百花的衣裙

欢乐的喜气

如白絮般的云朵飘荡

如碧玉般的蓝天绮丽

拥抱大自然吧

在薰衣草花香中深呼吸

放纵你的思绪

在紫色诱惑中更加美丽

2015 年 7 月 1 日

于瞻雨斋

紫色的诱惑

——致周励

在紫色的诱惑里

你更加艳丽

在蓝天白云下

你亭亭玉立

伸展你的玉臂

放纵你的思绪

经历过艰难

才会有成功

抵御住诱惑

才更加独立

忘却了曼哈顿的繁华

在紫色的诱惑里

忘不了黄浦江的梦呓

在薰衣草的香味里

你如一只仙鹤展翅

你充满了紫色魅力

2015 年 7 月 1 日

于瞻雨斋

陆老不老

陆老真不老
身体呱呱叫
走路一阵风
高声善谈笑
牙好胃口好
境界实在高
粉丝一大帮
索文又合照
思路特敏捷
追风赶时髦
朋友一聚会
陆老必定到
咖啡味道香
午饭已吃饱
误进女厕所
美女吓一跳
陆老哈哈笑
啥都没看到
人生经历多
弯如九曲桥
晚年心态好
百岁还年少

祝愿生活美
陆老真不老

2015 年 6 月 26 日
于瞻雨斋

致春龙

兴化是一个梦
油菜花的金黄
桃花的粉红
船橹的咿呀
燕子的歌咏
让垛上的希望
化为酒桌上的欢乐
让垛上的梦想
写成文学中的暖风
一切都是过眼烟云
只有对文化的情钟
一切都是大江汹涌
只有文学温馨绮梦

2016 年元月 17 日
于兴化迎宾馆

蜗牛与树

——拟施玮

这是一株苍翠的树

蜗牛在这里跳舞

虽然是这样地慢

却洋溢着幸福

蜗牛爬上爬下

在树身上留下她的嘱咐

也留下了她的娇柔与糊涂

当太阳过于强烈

蜗牛躲进了树叶深处

如依偎在她的爱窝

当清晨被鸟儿唤醒

蜗牛把她的欣喜向树儿诉说

蜗牛喜欢慢节奏的生活

蜗牛喜欢在和风细雨中蹉跎

2016 年 1 月 15 日

春日致施玮

采撷漫天彩霞
绘成仙界百花
云的妩媚
星的发芽
欲望的奔腾
梦幻的惊讶
都攉进激情涂鸦

凝聚郁积才华
涂抹星河流霞
诗的浪漫
歌的惊诧
离别的凄切
重逢的喑哑
都涌入恣意挥洒

安顿一个新家
像描绘一幅新画
创作一幅新画
像装饰一个新家
有幸福的笑容
才有开阔胸襟

才有思绪无涯

有圣灵的光照

才有静谧内心

才有日月光华

在激情奔涌之时

别将画笔放下

在人生得意之时

放眼海角天涯

2016 年 4 月 22 日
观施玮画作而写

骆驼与苍鹰
——致阿扎提·苏里坦

是在大漠中

执着前行的骆驼

是在边塞上

翻飞翱翔的苍鹰

你走过的地方

绿树成荫

你俯瞰的大地

牛羊成群

你疏通文学的流脉

让清泉流向荒漠

你吟唱风雨的歌谣

让百姓侧耳聆听

你仰望每一座

文学的巨峰

你关注每一株

文学的幼苗

你的情为边疆而抒发

你的心为维族而跳跃

静静地

你观望着大千世界

默默地

你关心着芸芸众生

2016 年 5 月 27 日
于上海市作家协会

致远走北极的周励

你是世间的一朵美丽

将阳光草原带去北极

寒冷的冰雪中

盛开了玉兰茉莉

人生便有了另外一个奇迹

你是岁月的一种勇气

难改走南闯北的脾气

北极熊的身影旁

伫立着万丈豪气

女性便有压倒须眉的回忆

你是人间的一泓友谊

豪爽洒脱充满了情意

北极光的辉映中

你畅游在翡翠里

世界总忘不了真情的周励

2016 年 7 月 12 日

浏览周励在北极照片所作

穿马莱裙的禅妹

你是湖畔的

清风一缕

湖蓝的裙子

衬托出沉静如玉

你是竹林的
翠竹一支
婀娜的身影
描绘出淑女像钺

你是花坛的
金菊一朵
隐隐花香
述说着禅意似蓂

沉静的湖面
涌动激情的浪波
青翠的竹林
孕育灵感的歌曲
璀璨的金菊
演绎生命的戏剧

2016 年 7 月 14 日

339

海中的孤岛

——致诗人孤岛

你就是

那个小小的孤岛

卧在海中央

像仙女丢失的珍宝

她几个世纪

把你搜索寻找

你却不动声色

在湛蓝的海中

默默地呼吸舞蹈

你就是

那个寂寞的孤岛

卧在月光下

像大师切割的玉雕

他随心所欲

将你随手抛掉

你却默默忍受

在岁月冲刷中

悄悄地成为骄傲

你就是

那个矜持的孤岛

卧在晨曦中

像红日掰下的一角

他阳光普照

让你花草茂盛

你却把玩孤独

在日出月落中

奇异地花开诗稿

2016 年 7 月 28 日
于酷暑中的瞻雨斋

身在湖光山色中
——致湖山盟

你是水的儿子

不然不会

这般温柔妖娆

你在人前人后

总是谦称文弟

你的辈分很小很小

你的才情很高很高

你是山的女婿

不然不会

这样恣意挥毫

你在群里群外

总是激情洋溢

你的力比多太多太多

你的牢骚话太少太少

你是日月的使者

不然不会

让湖与山结盟

你让诗意雾岚

在湖山间逍遥

你的诗歌洒向五洲

你的情意传遍海角

2016 年 7 月 28 日
于酷暑中的瞻雨斋

布谷鸟又叫了
——致林布谷

也许是

342

你的第一声啼哭

冲破初春的雨幕

也许是

你的稀疏的头发

像一只可爱小鸟

启动了他的乡村记忆

那翠绿的梯田

那盎然的春意

还有那布谷布谷

的歌谣

还有那永难忘怀

的矮凳桥

日月如梭

岁月流逝

那株沉思老树

的精灵

已经沉睡

那声布谷歌谣

永远缭绕

在温州楠溪江

在雁荡的山脚

在山村的廊桥

如山溪叮咚叮咚缠绕

2016 年 11 月 8 日

于温州大学林斤澜研讨会

紫色的芬芳

——致朱静宇

将紫丁香的芬芳
融入紫色的诱惑
将紫玉兰的摇曳
把爱情故事诉说
送围巾的温暖
让甜蜜浸透微笑
小木屋的温馨
又回到新婚小窝
紫色的外套
紫色的挂件
紫色的蔻丹
紫色的围脖
连你的笑声
也是紫色的
让紫色染透雁荡
连绵群峰山谷
让紫色浸透雁荡
石桥山洞水波
将你苗条的身影
刻上龙腾凤舞的石壁
听你点燃香烛

虔诚地念几句阿弥陀佛

告别了雁荡群峰

留下了紫色的诱惑

2016 年 11 月 10 日

雁荡山至上海高铁

在有温度的躯体下
——致周庆荣

在有温度的躯体下

是一颗炽热心脏

的跳动

像太阳升起光潮

的奔涌

是血管里血哗哗

地流动

像钱塘江的潮水

的激动

鄙视人与人心的隔膜

针砭物欲横流的汹涌

点一盏暗夜里的灯笼

唤醒了晨曦中的噩梦

在历史大河里游泳

在朝阳蓝天下歌咏

在向往光芒的思想里沉醉

在开怀畅饮后醉态里解冻

当你用沉默的方式歌唱

当你与友朋们一起畅饮

在有温度的躯体下

是思想涟漪的涌动

在有温度的躯体下

是生命跳跃的疼痛

2017 年 5 月 29 日
于周庆荣诗集见面会

马来西亚亚克西

——致戴小华

将美丽的容颜

汇成一带一路的绮丽

将真挚的热忱

铺成友朋相聚的情意

庄重的会议

凝聚着心意的点点滴滴

洒脱的游程

呈现出地主的精心设计

娘惹的滋味

融入了真诚的历史韵味

开怀畅饮的

显露出英雄的本色

振臂畅泳的

摆弄着胸肌与腹肌

打情骂俏的

吐露出心底的秘密

马来西亚亚克西

这是一次欢乐的行旅

马来西亚亚克西

这是一次难忘的记忆

2017 年 6 月 6 日

于瞻雨斋

赞美小胖刘利祥

天津码头汽笛响，

名闻世界刘利祥。

快板一打走四方，

语如疾风震天堂。
下得飞机没行李，
汗臭满身缺衣裳。
胖像蘑菇特可爱，
就是少个丈母娘。
开口就是做广告，
盼望找个好姑娘。
四顾阿姨与奶奶，
只能都叫丈母娘。
饮酒侠气全身爽，
话语连珠跑马场。
挺身而出去陪酒，
拉拉扯扯步踉跄。
回程登机盯空姐，
梦中情人在何方？
快乐小胖人人爱，
谁来做你丈母娘？

2017 年 6 月 8 日
于商务印书馆学术研讨会

348

致戴小华

你是马来西亚的
一朵小花
胸中总牵挂着中华
你是沧州的
一丛新绿
内心融汇千年文化
你看上去温文尔雅
内心却积聚着
火山爆发
把台湾的梦留在昨天
将大陆的情花开万家
难以忘怀爸爸妈妈
历经千辛万苦
把父母的梦
送回老家
将沧州铁狮子的怒吼
刻入心头刻上石崖
倔强是内心的强大
温柔是笑容的淡雅
不经历风雨
就难以开花
不经受坎坷

就不会潇洒

把憎恨流泻笔底

将大爱传遍天涯

2017 年 10 月 13 日
候车途中

致陆士清先生

潇洒是您满头银发

诗意是您笑颜如花

您青春依然

矫健步伐

您真情永在

走遍天涯

眼光犀利

看破一切虚假

笔头劲健

评说妙笔生花

您分析

让作家自己羞赧

您评说

使文学美艳如画

您是学界的八〇后
您是智慧的评论家
您是华文的知音
您是真情的鉴赏家
美女如云的地方
就会有您的华发
文学如酒的场合
就会有您的风华

2017 年 10 月 13 日
于赴上海师大途中

致周励

你是一位冒险家
曾经在商场拼杀
你是一个文学家
曼哈顿唱响天涯
热情如火
会把朋友融化
坦诚似镜
照出掩饰虚假
你在北极冰海畅游

你在雪峰冰原叱咤

你走遍世界的角落

你拥抱美景的枝桠

你永远朝气蓬勃

你永远青春年华

把忧愁弃之脑后

把友谊相拥如花

人生真应该如此潇洒

岁月真应该这般挥洒

2017 年 10 月 13 日
于 830 公交车

致华纯

你是华夏女儿

你的纯净如霞

你是浦江儿女

你的青春似花

穿上旗袍

袅袅婷婷就是中华

套上和服

娉娉婷婷就是优雅

以俳句的诗意生活

用唐宋的精彩持家

走到哪里都

流露出中华文化

写到何处都

蕴含着大和风华

将俳句泡咖啡

用绝句泡新茶

文学是你的执着

友情已传遍天涯

2017 年 10 月 13 日
于上海师范大学

致王威

你没有京城帝王

的威风凛凛

你有着流浪者

的狐假虎威

你没有纽约客

的死气白赖

你有天涯旅行者

的美丽追随

随意真诚

像隔壁老王

无私无畏

亲切本真

如报社记者

如影相随

访问过多少名人大咖

见识过多少名媛美眉

虽然并非坐怀不乱

眼光总向美丽追

虽然并非正襟危坐

细究也是重口味

走近乞丐

总袒露人道情怀

灿烂许晴

也蕴含美的追寻

你到西藏病态恹恹

让多少美女牵挂

你到澳门狂风暴雨

让多少帅哥称奇

你没有显露王威

却总有众人相随

你没有摇旗呐喊

却总有故事积累

2017 年 10 月 13 日

于上海师范大学

致薛海翔

是浦江给了你

腾飞的翅膀，

是生活给了你

跨海的坚强。

梦的开始，广西壮乡；

铁的锤炼，炮弹上膛。

文学，就是你的理想，

创作，就是你的希望。

不为自己，创造明天的太阳；

生活浪花，拨动文坛的波浪。

弃商从文，张开你坚强的翅膀；

跨越大海，驰骋你拼搏的理想。

早安，美利坚，

你把新的人生闯荡；

晚安，丹佛市，

栀子花白兰花芳香。

别人是饱暖思淫欲，
你却是饱暖思开创。
也许是你的情感太丰富，
就有了情感签证，
情陷巴塞罗纳；
也许是你的赌性太猖狂，
就有了生死同行，
就赌这一次。
你的梦里总有
红玫瑰黑玫瑰的花香；
你的胸中总是
潜伏在黎明之前的星光。
恋恋不舍啊，
总想寻找另一个太阳；
不甘寂寞啊，
总想将新的天地开创。
你的力比多依然充沛，
墙上贴着裸体的姑娘；
你的创造力仍然旺盛，
心中涌动着创作的欲望
九死一生，
你记住了母亲
的房东大娘；
随遇而安，
你创造了人生

的展翅翱翔。

2017 年 10 月 14 日

于瞻雨斋

诗中用了诸多薛海翔作品的篇名

致施玮

苏州的小桥流水，

赋予你的文雅；

京城的鲁迅故居，

赐予你的惊诧；

浦江的先锋繁华，

教会你的奋发。

你把情感铸进诗歌，

你把丰富绘入图画。

你是大地上雪浴的女人；

你是世间被呼召的灵魂。

你把一管银笛，

吹奏生命的长吟；

你把一阕宋词，

唱响歌中的雅歌。

你鹤立鸡群的美丽，

357

柔若无骨，
柔情无限；
你叱咤文坛的鲜花，
放逐伊甸，
世家美眷。
红墙白玉兰，
花香依然透过篱笆；
回眸叛教者，
凄惨仍然世界喑哑。
洛杉矶的雪峰，
让你的人生充满灵性；
基督教的礼拜，
让你的笔底洋溢惊讶。
五彩缤纷奇思异想，
那是你绚烂的油画；
激情无限行空天马，
那是你多彩的诗葩。
文学是你存放灵魂的祭坛，
友情是你谱写歌曲的节奏。
让我们以文学与上帝对话
让我们浇灌灵性文学奇葩。

2017 年 10 月 15 日
于 2017 年海外华文文学上海论坛

致曹惠民

您有京派的厚重，
您有海派的先锋。
您在边缘的寻觅，
您听他者的声音。
南通是您的故里，
苏州是您的新梦。
您继承了许杰钱谷融，
您整合两岸雅俗兼容。
独语剑桥，
您触摸历史的细部；
阅读陶然，
您探究多元的相同。
您有南方的婉约，
您有北方的厚重。
苏州的小桥流水，
是您文笔的流畅雍容；
都会的繁华涌动，
是您思绪的前卫先锋。
您把中装穿得如此现代，
您将西装穿得这般传统。
走出夏娃，
走不出的伊甸园；

走出旧情，
走不出的文学梦。

2017 年 10 月 15 日
于上海市作家协会

卢新华望外滩

深沉像潜水艇，
朴实如海上花。
你望着浦江
似笑非笑；
你反省内心
似哭非哭。
你内心的伤痕依旧？
秋风吹着你的黑发，
你仍然在做着
森林之梦？
涛声激荡敞开胸怀，
紫禁女仍然是
梦中的花！
暮色藏匿隐秘内心，
伤魂后总能见

结痂的疤。

读有字之书，

你从浦江出发；

读无字之书，

你走遍了天涯；

读心灵之书，

揭开新的伤疤。

有几分忧郁，

有几许惊讶。

你默默地伫立，

在秋天的暮色里；

你静静地思考，

不顾周围的喧哗。

2017 年 10 月 24 日
于上海师范大学

致铁舞

让铁舞动起来

让舞铁立起来

让城市歌唱起来

让心灵激动起来

让情感奔涌起来

舞动的铁
不是匕首寒光闪闪
铁的舞动
不是刀剑嗜血杀戮
是城市人心灵的颤动
是城市诗旋律的拨响

铁舞，铁舞
冰冷的内心涌动激情
舞铁，舞铁
积聚的真情驱动城市
倘若城市没有铁舞
就少了城市的声音
倘若诗坛缺少铁舞
就缺了城市的诗魂

2018 年 5 月 31 日
于上海师范大学

362

赞叹华纯的国画 T 恤衫

舞文弄墨

让猫头鹰栩栩如生

才华横溢

让鸬鹚鸟翩翩飞腾

把俳句的精致

绘入羽毛中

将唐诗的诗意

绘进笛声里

也许是情诗里的余绪

也许是青春中的记忆

让你的情织进我们的梦境

让你的画贴上我们的心胸

2018 年 6 月 13 日
于雍记酒店

扫二维码

著名诗人铁舞

报告后围上

诸多美女

他如同飞舞

在花丛中

她们如同仰望

一只铁蜜蜂

她们掏出手机

像掏出跳动的心

她们争先恐后

扫铁舞的二维码

铁舞被扫得笑

被扫得痛

那一根情感的线

便连着胸

望着姹紫嫣红的花丛

诗人有些魂不守舍

有些无所适从

他想定制一件 T 恤衫

把二维码印在前胸

让天下的粉丝和美女

老远就望老远就扫

就像横扫一切牛鬼蛇神

从南扫到北

从西扫到东

就像雷雨来临刮大风

从高刮到低

从绿刮到红

让诗人永远做美的梦

让诗歌永远如酒的瓮

2018 年 6 月 11 日

于地铁

月亮耀明抒情曲

一、故乡的月亮

总朦朦胧胧

记得故乡的月亮

是妈妈牵着你的手

把你送给陌生的养父

那天的月亮

总荡漾着泪光

二、香港的月亮

是你的第二故乡

在拥挤中繁忙

你在书案前笔耕
你在文稿里徜徉
几乎没时间欣赏
香港的月亮

三、 美国的月亮

美国的月亮
特别地温柔明亮
你走向了世界
走向了文学的坚强
让你有了国际眼光

四、 明报的月亮

有了明报的赏识
你才能耀眼明亮
开启了世界的窗口
让思想在这里闪光
让月亮在这里
格外温润明亮

五、 耀明的月亮

不去管乌云的屏障

不去看权势的眼光

让明报的月亮

在世界明亮

让耀明的明亮

在文坛荡漾

没有你要命的努力

就没有耀明的辉煌

没有你真诚的友谊

就没有激情的荡漾

2019 年 4 月 26 日

于 MU5037 航班

上海至济州岛途中

抽天开象研讨会
——致许德民

将抽象的胡须

移植到脚板

让飞腾的脚底

长须冉冉

将具象的帽子

变作一尿壶

367

让飞驰的瀑布

飞流惊天

你的梦里也是

毕加索的碎片

你的诗里也是

抽象画的境界

你大胆抽天

让玉皇大帝也开眼

你色胆包天

让七色彩虹也汗颜

你用抒情诗捕获了芳心

让爱情走得坚实悠远

你用抽象诗震撼了诗坛

让李白杜甫哑口无言

2019 年 6 月 29 日
于复旦大学

今天，我们如何与世界相处

——致周励

你的足迹走过了
世界的北极南极，

你的身影烙上了
世界的雄峰屋脊。
你去追寻世界的美丽，
你去探究人类的奇迹。

你亲吻世界，
亲吻着伟大与爱意；
你周游世界，
寻觅着二战的遗迹。
你谴责战争，
谴责历史的罪恶与迷离；
你追慕伟大，
追慕伟大的人物与绮丽。

今天世界好像分崩离析，
今天世界好像有高有低。
你在纽约的曼哈顿，
却仍然关注企鹅的生存；
你在上海的南京路，
却仍然关心人类的病疫。
曼哈顿的中国女人，
仍然风采依旧；
中国女人的曼哈顿，
依然闪闪熠熠。

今天，我们如何与世界相处；

我们像你一样去探究世界；

今天，我们如何与世界对话，

我们像你一样去思考寻觅。

我们做一个多情的人，

去探究世界的奇特与美丽；

我们做一个思考的人，

去思考人生的伟大与卑鄙。

2020 年 12 月 12 日
于思南读书会

致敬百岁诗娃娃圣野先生

您是一片生命的绿野

您是一片神圣的诗海

让童心永远有爱

让孩子永远向前

您把母亲的爱

酿成诗、酿成梦

您把孩子的梦

做成歌、做成海

您让儿童们快乐成长

您让孩子们欢乐起来

您在这片欢乐的圣野上驰骋

您在童诗文学旋律里归来

敬祝您童心永驻

敬祝您健康常在

2021 年 5 月 30 日

呈王正华兄

大哥心态好，

说话面带笑。

同学来聚会，

美女来拥抱。

酒杯举一举，

胡子翘一翘。

酒足与饭饱，

必定要拍照。

不与男性拍，

专寻女性照。

话语特别妙，

此照可避妖。

幸运星高照，

马上买彩票。

梦想中大奖，

梦里也狂笑。

无灾也无病，

心态最重要。

老哥不算老，

风光无限好。

2019 年 9 月 21 日
于长沙枫林宾馆

赞王珂教授

个不高

心却大

钟情诗歌

叱咤风云

诗屋实在雅

美酒确实多

联系世界诗坛

携手国际美女

撰写诗疗大宏文

结交全球诗评人

酒饮醉

茶新斟

夜半醒来又入梦

2019 年 10 月 23 日

图书在版编目（CIP）数据

纪念碑：杨剑龙诗集 / 杨剑龙著 . -- 上海：上海
文化出版社，2025.1
ISBN 978-7-5535-2954-7

Ⅰ. ①纪… Ⅱ. ①杨… Ⅲ. ①诗集—中国—当代
Ⅳ. ① I227

中国国家版本馆 CIP 数据核字（2024）第 072802 号

出 版 人　姜逸青
责任编辑　赵光敏
封面摄影　许　青
装帧设计　叶　珺
内文排版　方　明

书　　名　纪念碑：杨剑龙诗集
作　　者　杨剑龙
出　　版　上海世纪出版集团　上海文化出版社
地　　址　上海市闵行区号景路 159 弄 A 座 3 楼　邮编：201101
发　　行　上海文艺出版社发行中心
　　　　　上海市闵行区号景路 159 弄 A 座 2 楼 206 室　邮编：201101
印　　刷　苏州市越洋印刷有限公司
开　　本　889 × 1194　1/32
印　　张　12.125
版　　次　2025 年 1 月第一版　2025 年 1 月第一次印刷
书　　号　ISBN 978-7-5535-2954-7/I.1147
定　　价　78.00 元

告 读 者　如发现本书有质量问题，请与印刷厂质量科联系
电　　话　0512-68180628